백사의 미소와 벅수

백사의 미소와 벅수

발행일	2019년 9월 30일		
지은이	주우성		
펴낸이	손형국		
펴낸곳	(주)북랩		
편집인	선일영	편집	오경진, 강대건, 최예은, 최승헌, 김경무
디자인	이현수, 김민하, 한수희, 김윤주, 허지혜	제작	박기성, 황동현, 구성우, 장홍석
마케팅	김회란, 박진관, 조하라, 장은별		
출판등록	2004. 12. 1(제2012-000051호)		
주소	서울시 금천구 가산디지털 1로 168, 우림라이온스밸리 B동 B113, 114호		
홈페이지	www.book.co.kr		
전화번호	(02)2026-5777	팩스	(02)2026-5747

ISBN   979-11-6299-872-4 03810 (종이책)   979-11-6299-873-1 05810 (전자책)

이 도서의 국립중앙도서관 출판예정도서목록(CIP)은 서지정보유통지원시스템 홈페이지(http:seoji.nl.go.kr)와
국가자료공동목록시스템(http:www.nl.go.krkolisnet)에서 이용하실 수 있습니다.
(CIP제어번호: CIP2019038816)

(주)북랩 성공출판의 파트너

북랩 홈페이지와 패밀리 사이트에서 다양한 출판 솔루션을 만나 보세요!

홈페이지 book.co.kr   •   **블로그** blog.naver.comessaybook   •   **출판문의** book@book.co.kr

어수룩한 벅수로 살아온 한 지식인의 초상

백사의 미소와 벅수

주 우 성
에 세 이

북랩 book Lab

목차

시골 땅에서 한양으로

세월의 물결이 흘러가며

시작하는 글

이 책의 핵심은 벅수에 있습니다.

주인공 B, 즉 벅수가 걸어가는 과정을 따라가며 순수성과 밝은 미래를 추구하고 있습니다.

백사는 벅수의 여정에 보조입니다.

후편에서는 이 점이 더욱 부각되겠습니다.

녹서에 오해 없으시기를 바라며 서문을 씁니다.

이 책 『백사의 미소와 벅수』는 전후(前後) 편으로 이루어져 있습니다. 전편은 주인공 B의 출생 이전부터 사춘기 입문까지로서, 주변 환경적인 내용과 함께합니다. 후편에서는 자기 분석과 세상 분석의 사유(思惟)를 품고 전편 이후의 일대사가 그려집니다.

이 책에는 시대의 역사를 밟아가며 살아온 삶의 흔적 속, 어떤 일의 사실과 생각과 마음이 등장인물 B의 행적과 함께 실려 있습니다.

제목에서 '백사의 미소'라고 했습니다. 백사라고 하면 바닷가 백사장의 흰모래를 떠올릴 수도 있겠으나, 여기서는 해수욕장의 흰모래가 아니라, 하얀 뱀인 백사(白蛇)를 뜻합니다.

아무도 뱀의 미소는 못 봤습니다. 볼 수 있는 일이 아니지요. 이것은 겉모양이 아니고 속모양입니다. 인간 내면의 한 모습입니다.

이 미소는 좋은 미소일 리 없습니다. 여기에는 진정한 것도, 아름다운 것도 없습니다.

'벅수'라는 말은 표준말로 하자면 '바보'라는 말이 되겠지만, 이와는 쓰임새가 좀 다른 별난 말입니다.

머리 좋고 공부 잘해도 세상물정에 어둡거나, 누구에게 잘 속는다거나, 일을 잘못 했다거나 할 때, 벅수라는 소리를 듣게 됩니다.

너무 순진하거나, 뭘 잘 모르거나, 실수할 때, 바보가 아닌 아이에게 별 악의 없이 던지는 말이기도 합니다. '벅수'라는 말은 지방 사투리입니다.

백사와 벅수가 엮여 살아가는 세상살이 속에서, 누구는 백사가 되고 누구는 벅수가 되기도 합니다. 아니면 백사와 백사가 만나느냐, 벅수와 벅수가 만났느냐가 되지요. 그런데 벅수 아닌 사람도 백사 아닌 이도 있네요.

아무튼 인간살이에는 파생 음이 나오게 되어 있는데, 한낱 소음이 나오기도 하고 듣기 좋은 소리가 나올 때도 있습니다. 누구나 그 어느 소리인가 듣고 싶습니다. 그것은 소음일지라도 각기 다르고, 음악적인 듣기 좋은 것일지라도 다 같지는 않습니다.

그럼, 여기 백사의 미소와 벅수에서는 어떤 소리가 나올까요?

이 책은 에세이입니다. 그런데 에세이라고 말하고 싶지가 않습니다. 에세이나 수필이나 같은 뜻이겠지만, 왠지 느낌이 달리 오네요. 굳이 다른 말로 하자면 자전적 소설이라고 하고 싶기는 한데, 소설에 미치지 못하고, 무엇보다도 소설이면 허구성이 따라붙기에 사실에 걸립니다. 그래서 이 책은 오로지 사실에 바탕을 둔, 허구적 꾸밈이 없는, 논픽션(nonfiction) 수필이라고 하겠습니다.

B는 저자 '나' 자신입니다. 그런데 '나'는 '나'이고 싶지 않았습니다. 줄곧 벽수로 살아온 '나', 여기서부터 벗어나 있고 싶은 겁니다. 그래서 잠시라도 '나'를 타 인칭, B로 불렀습니다. 이것이 조금이라도 속 편하기 때문이지요.

결국 B는 다시 '나'로 돌아갈 수밖에 없지만, 그래도 여기서는 떨어져 있고자 합니다. 마치 남처럼….

책의 전후 편을 통틀어 사유해보면, 전편은 후편을 위한 전주곡 격입니다. 그런데 후편에서는 집안 개인의 명예, 주변 인물의 치부, 집안의 욕됨을 자초하는 일이 될 것 같아 후편 내놓기가 주저되고 요원해질지도 모릅니다. 이 점 미리 밝혀두고 싶습니다.

이 책을 부모님께 바칩니다.

시작하는 글

B 의 시골

외할머니 댁의 똥거름 저장소

B의 인생 이야기는 그의 시골에서부터 시작된다. B의 친할아버지와 외할아버지는 시골의 같은 면에 사셨다. 양가의 집은 마을의 리(里)만 달랐지 서로 그다지 멀지 않은 거리에 있었다.

이 두 집은 그 당시로서는 그 시골에서 유일한 기와집이었다. 그 시골에 기와집이라고는 두 할아버지 댁 말고 다른 데는 없었나.

이 두 집은 시골의 대지주답게 아주 넓은 터에 집을 크게 지었다. 특히 B의 외할아버지 댁은 집터가 아주 넓었다. 그곳에는 안채, 행랑채, 손님이 묵을 여러 방이 있는 사랑채, 그리고 초가지붕을 씌운 소외양간과 소 먹일 여물을 삶는 가마솥 달린 창고와 돼지우리, 머슴방, 아주 넓은 이상한 뒷간(화장실) 등 여러 채의 집이 있었다.

이런 것들 중에서도 B의 기억에 특별히 남아 있는 것은 통시, 즉 변소라고도 하는 이상한 화장실이었다(화장실은 뒷간 또는 측간이라고 부르거나 통시, 변소라고도 했다).

통시는 집 뒤의 어두컴컴한 대나무 숲 앞에 있었다. 대나무 숲은 안채의 뒤쪽 깊숙이 들어가서 후미진 끝자락에 있었는데, 어둡고 침침하며 매우 넓었다. 그곳은 대낮에도 으스스했다. 숲속에서 호랑이가 나온다고 아이들에게 겁을 주곤 하던 곳이기도 하다.

대나무 숲 앞의 그 통시는 안채에서 멀리 떨어져 있었다. 처가집과 화장실은 멀수록 좋다는 우리 속담이 있어서 그랬을까 싶기도 하지만, 그보다도 우선 냄새 때문에 뚝 떨어져 지어야만 했을 것이다.

넓은 화장실, 즉 통시 아래의 똥통 바닥은 땅을 파서 깊고 넓게 만들어서, 황소 두서너 마리도 너끈히 들어앉을 만했다.
그 통시가 그토록 넓은 이유는 거기에 똥이 모이고 쌓이는 대로 그냥 오래 묵혀두어, 저절로 삭히면서 저절로 비료가 되게 하는 똥 비료 저장소를 겸한 것이었기 때문이다.
화장실이 너무나 넓어서, 문을 열어 처음 보았을 때 무슨 창고인가 싶었다. 그런 화장실은 시골 어디서도 본 적이 없다.

똥 거름통이 이렇게 어마어마하게 큰데도, 정작 이 똥 거름통

위를 받치고 있는 변기의 발판은 고작 굵은 통나무를 여러 개 걸쳐놓은 것이 다였다.

그 위에는 여러 장의 나무때기를 못질도 하지 않은 채 가로 세로 걸쳐놓았을 뿐이어서, 발로 밟으면 삐거덕 삐거덕 소리를 내며 불안하게 움직이곤 했다.

이러니 아이들은 겁이 날 수밖에 없었다. 앉으면 변기통 아래가 훤히 다 내려다보였다. 걸쳐놓은 판자 사이로 내려다보면 너무 깊어서 빠지면 죽을 것 같았다.

그 넓은 똥통 속에는 팍 삭아서 비료가 다 되어가는 냄새나는 변색된 똥이 가득히 채워져 있었다.

그리고 버글버글하는 구더기와 가장자리의 굳은 똥 위를 지나다니는 쥐들이 보이곤 했다.

그곳은 한때 돼지를 기르던 곳이기도 했다. 돼지 몇 마리를 거기에 넣고 기르면서 위에서 똥을 누면 아래에서 돼지가 그 똥을 먹었다고 한다.

똥 먹고 사는 돼지가 제주도에만 있는 것이 아니었던가 보다. 이렇게 기른 돼지를 '똥 돼지'라고 했다. 지금 생각하기에는 더럽지만, 그 당시는 돼지의 먹이가 귀한 때인지라 똥이라도 먹여서 길러야 했던 모양이다.

B의 외할아버지 댁에는 시커멓고 커다란 똥개도 있었다. 이름이 검둥이였다. 덩치가 크고 시커먼 검둥이는 아이들의 똥을 즐겨 먹었다.

6.25 전쟁 때 B는 국민학생(지금의 초등학교를 그때는 국민학교라고 했다)이었는데, 외할머니 댁으로 피난 가 있으면서 밤에는 이 검둥이 똥개의 신세를 지곤 했다.

검둥이가 보이지 않을 때라도 "검- 둥- 아!" 하고 부르면 어디서 곧장 나타나서 꼬리를 흔들며 달려와 똥 먹을 준비를 했다.

덩치만 컸지 아주 순한 개여서 다들 무서워하지는 않았지만, 그래도 너무 엉덩이에 바짝 붙어 혀를 엉덩이에 갖다 대기라도 할 때는 혹시 잘못하여 중요한 어디를 물릴까 봐 긴장되었다.

그래서 땅바닥에 똥을 눌 때, 한 자리에서만 앉아 누지를 않고, 한 덩어리 누고서 조금 앞으로 이동하여 누곤 했다. 뒤를 돌아보면 수증기가 모락모락 솟아오르는 따끈따끈한 똥을 검둥이가 너무 맛있게 먹고 있어서 겨울철의 맛있는 음식처럼 보였다.

더 어린 아이들은 낮에도 대나무 있는 어두컴컴한 화장실에는 가지 않고 마당에서 똥을 누었다. 그래서 애들의 똥은 낮에도 검둥이의 밥이 되었다.

그리고 큰 아이들일지라도 한밤중에는 뚝 떨어져 있는 대나무 숲 화장실까지 바람에 출렁이는 호롱불을 들고 가기는 어려워서,

밤에는 늘 검둥이가 이들의 똥 처리를 맡았다.

그 당시의 똥은 개나 돼지의 먹이도 되고 비료도 되는 중요한 것이었다.

그러기에 혹 아이들이 숲속이나 산비탈 어디 밖에서 똥을 누어 버리기라도 한다면, 그건 매우 혼날 일이 되었다.

똥은 돈과 같았다. 딱히 비료라고 할 만한 것이 없던 그 당시의 환경에서 똥은 농사에 없어서는 안 될 중요한 재료였기 때문이다.

이 중요한 거름 재료인 똥을 버린다는 것은 낭비였다. 그러니 아이들이 자기 집에서 똥을 누지 않고 집밖에다 누어버린다면, 이건 외할머니로부터 야단을 맞아도 마땅한 일이다.

안채에는 외할머니와 여인들의 화장실이 따로 있기는 있었다. 그러나 남자 아이들은 담력을 길러야 된다며 굳이 대나무 숲 앞의 화장실을 쓰게 했다.

그 뒷간(화장실)에는 꼭 삼가야 할 금기사항도 있었다. 뒷간에 닭이나 돼지의 피가 묻은 빗자루를 두어서는 절대로 안 되는 일이었다. 그런 것을 두면 밤중에 귀신이 나올 수도 있다고 하여 금지되었다.

한밤중에 빗자루가 귀신으로 변한다 하여 '몽당 빗자루 귀신'이라고 했다. 귀신을 두려워하던 시절이라서 그랬는지 어처구니없는 말이건만, 이 금기는 잘 지켜졌고 별로 의심하지도 않는 것 같았다.

이런 점을 강조하는 것은 특히 외할머니였다. 외할머니는 키는 크지 않지만 체구가 크고 그 당시로서는 드물게 비만이었다. 외할머니는 여장부처럼 큰 소리로 명령하듯 소리를 내지르며 머슴들에게 호통을 치곤 했다.

"마당쇠야, 이리 와라." 할 때 곧바로 "예." 하고 대답이 나오지 않으면 "귀 먹었느냐, 귀창(귀청인데 귀창이라 했다) 먹었냐?"라고 소리친다.

그러면 머슴은 어디서 무슨 일을 하다가도, 설혹 용변을 보는 중이라 하더라도 "예, 마님, 달려갑니다." 하고 큰소리로 대답해야만 했다.

머슴이 서둘러 오는 모습은 늘 이상했다. 허리를 펴고 손발을 모으고 달음질하듯 뛰는 모습이 아니라, 허리를 구부정하게 하고 발을 벌려 팔자로 하고는, 무릎도 구부려 벌리고 팔도 벌려 흔들면서 뛰기는 하는데, 빠르지 않고 뒤뚱거리며 느리게 뛰곤 하여 바보처럼 보였다.

"굼벵이를 구워 먹었느냐, 뛰어봐라. 젊은데 뛸 줄 알아야지!"

"예, 마님!"

"대답만 곧잘 하네!"

"예, 마님!"

머슴의 대답은 이 말을 해도 저 말을 해도 '예, 마님!'이었다.

외할머니는 집안 안팎의 대소사를 관장했다. 이런 외할머니에 비해 외할아버지는 늘 조용하고 자상하며 마르고 왜소한 분이었다.

외할아버지는 혼자 집안 울타리를 둘러보곤 하는데, 소외양간이나 돼지우리도 둘러보고, 그러다가 불결한 곳이 보이기라도 하면 머슴방에 가서 마당쇠나 돌쇠를 조용히 불러내 청소하라고 지시를 했다.

소외양간은 물론 돼지우리조차도 너무 더러운 것이 외할머니 눈에 띄는 날이면 머슴을 밥 한 끼니 굶겨야 할 판으로 외할머니는 엄했다. 그랬기에 이런 일이 생기기 전에 외할아버지가 미리 조용히 처리해두곤 했다.

외할아버지는 뒷짐을 지고 살랑살랑 다니며 소와 대화도 했다.

"잘 먹고 건강해라. 그래야 일도 잘하지. 아프지는 않지? 말 못하는 짐승이라 아파도 쯧쯧…" 하며 둘러보다가, 마지막으로 다다르는 장소는 대나무 숲과 숲 앞 화장실이었다.

이는 외할아버지의 아침저녁 유일한 산책이기도 했다.

친할아버지 댁의 흙 담장과 꼭 닫힌 대문

B의 대부분의 시골 기억은 외갓집 것이다. 이에 비하여 친할아버지 댁에 대한 B의 기억은 매우 빈약하다. 친할아버지 댁에는 가서 머물 기회도 많지 않았거니와, 친할아버지 집 이야기를 들려주는 사람도 별로 없었다.

시골 갔을 때도 친할아버지 집에서 머물기보다는, 외할아버지 집에서 지내기가 마음도 편하고 재미도 있어서 주로 외가댁에서 지냈다.

친할아버지에 관한 이야기는 B의 아버지, 어머니도 별 말씀이 없었고, 친척들도 왜 그런지 이야기가 없었다.

B가 알고 있는 것이라곤, 외할아버지는 밥 얻어먹으러 오는 거지를 한 번도 그냥 보낸 적이 없었지만, 친할아버지는 거지가 밥 얻어먹으러 오면, 마당의 싸리나무 빗자루로 때려서라도 혼내 보내더라는 이야기 정도이다.

친할아버지 댁은 외할아버지 댁과는 집안 분위기도 꾸밈도 많이 달랐다. 두 곳 다 큰 기와집이기는 했지만, 외할아버지 집의 울타리는 탱자나무 담장으로 둘러져 있어서 탱자 열매를 따서 아이들이 던지며 놀기도 했다.

탱자나무 울타리 사이로는 집안 마당이 다 들여다보였고, 울타리 개구멍으로 아이들이 들락날락거리기도 했다.

외할아버지 댁은 대문도 늘 열려 있어서 대문이 있으나 마나였다. 그래서 거지든 나그네든 아무나 들락거렸다.

그리고 집의 안팎은 아이들 떠드는 소리와 어른들의 이야기 속에서 웅성거렸고, 늘 활기차고 바삐 돌아가는 모습이었다.

이와는 대조적으로 친할아버지 댁은 담장이 진흙으로 만든 높은 토담으로 둘러져 있어서, 아이들 키로는 안이 들여다보이지도 않았고 항상 조용했다.

외할머니 댁에 비하여 집안 전체도 깔끔하고, 화장실도 작고 깨끗하고 단정했다. 어린 B가 보기에는 대문이 대궐 같은 커다란 문이었는데, 언제나 굳게 닫혀 있었다. 때로는 빗장까지 가로질러져 있어서 B가 출입하기에 자유스럽지 못했다. 문을 열어달라고 하면 머슴이 나와서 열어준 적도 있다. 집은 늘 조용하고 썰렁한 느낌이었다.

물론 이때 친할아버지는 이미 세상을 떠나고 X 아버지와 X 어머니가 그 집을 소유하고 있을 때라서, 친할아버지 생전에는 사정이 어떻게 달랐는지 B는 잘 알지 못한다. 여기서 X라고 한 까닭은 뒤에 밝힌다.

B의 시골의 모든 일을 B가 다 직접 겪어보고 아는 것은 아니다. 서울에서 태어난 B는 시골에 가서 살아본 적이 많지는 않다. 그래서 시골 이야기의 많은 부분은 B의 어머니가 들려준 말이나 더러는 외삼촌이나 이모, 숙모의 이야기를 통해서 들었다.

특히 친할아버지에 관한 이야기는 대부분 들어서 아는 이야기이다. B는 친할아버지를 본 적이 없다.

B가 아주 어렸을 때 시골에 간 첫 기억은 대여섯 살 때인 것 같다.

아버지 손을 잡고 시골 미끄러운 논두렁길을 조심조심 걸었는데, 이 장면이 왜 이렇게도 생생할까! 아버지를 생각할 때, B의 가슴이 저리도록 왜 그토록 정겨워질까!

할아버지 댁으로 가려면 서울에서 기차로 부산까지 가서 다시 시골로 들어가는데, 그 당시로는 밤을 새워 하루 종일 걸렸다고 한다.

그때 타고 간 기차는 지금의 KTX나 새마을호는커녕, 여객용 의자조차 없는 화물칸이었다. 일본의 태평양 전쟁 말기여서 군수물자 수송 때문에 일반 열차를 운행할 여유가 없었던 것이다.

그 열차에는 길게 연결된 여러 개의 화물칸이 있었고, 그중 두어 칸에는 화물은 싣지 않고 사람만 타고 가는 것이다.

그때 B가 타고 간 화물칸에는 화물도 없었지만 의자도 없고, 창문도 없었다. B 눈에는 꽉 닫힌 커다란 문짝만 보였다.

바닥에도 깔고 앉을 아무것도 없었다. 열차 운행 중에 문짝을 함부로 열지 말라고 주의도 받았다. 문짝을 닫으면 낮인데도 아주 캄캄해서 아무것도 보이지 않았다. 마침 누가 호롱불을 갖고 있었기에 그나마 잠깐씩 조금 밝힐 수 있었다.

열차에는 탑승객도 별로 없었다. 그 시기에 열차 타기가 어려웠거니와 타고 다닐 사람도 없었던 것이다.

B는 화물칸에서 똥이 마려웠는데 어린 마음에도 난처했다. 그때 똥 누고 나서 B의 아버지가 처리해준 장면이 B는 왜 지금도 이토록 생생한지…!

어린 B가 경상남도 사천군 시골에 갔을 때, 친할아버지는 이미 세상을 떠나 돌아가셨고, X 아버지가 할아버지의 집을 물려받아 소유하고 살고 있었다.

사천군은 지금은 경상남도 사천시로 승격되었지만, 당시에는 사천군이었다. 친할아버지가 살던 곳은 땅은 넓지만 인구는 적은 곳이었다.

그래도 거지는 있었다. B가 들은 이야기로는, 외할아버지는 거지가 집 앞을 그냥 지나치면 머슴을 통해 불러들여서라도 밥을

주고, 밥이 없으면 고구마나 강냉이라도 주어서 보냈는데, 친할아
버지는 때려서 보냈다는 정도의 이야기다.

외할아버지 댁의 사랑채에는 나그네 손님도 늘 있었다고 한다.
과연 그랬을까 싶긴 하지만, 시골에서 다들 외할아버지는 칭송
하고 친할아버지는 놀부라고 흉이나 보았다고 한다.

친할아버지는 외할아버지와는 성격도 달랐다. B로서는 친할아
버지를 뵌 적이 없지만, 아버지의 사랑방 벽에 걸려 있던 친할아
버지의 초상화 모습을 보면 눈에 힘이 주어져 있고 근엄해 보였
다. 강인한 성격으로 느껴졌고, 까다로워 보였다.

외할아버지 댁과는 달리, 친할아버지 댁은 원래는 부자가 아니
었다고 한다. 외할아버지 댁이 대대로 내려오는 부자인 반면, 친
할아버지는 어려서부터 가난했다.
너무 가난하여 양반 축에 든다고 보기 어려운 집이었기에 친할
아버지는 젊을 때, 일찍부터 약초를 캐러 이 산 저 산 돌아다녔
다. 약초를 캐러 한번 집을 나서면 며칠, 몇 주, 몇 달씩 걸렸다고
한다. 전국을 다니며 약초를 캐고, 캔 약초를 의원에 팔고, 그곳
에 묵으며 거들면서 의술도 배우고 하다가, 돌아오면 배운 실력으
로 마을에서 병도 고쳐주곤 했다.
이때 먹을거리나 곡식을 돈 대신에 받곤 했다. 이렇게 하여 저

축이 되었고, 엄청 절약하며 살았다.

할머니는 밥알 한 톨까지도 버리지 않았다고 한다. 하수구로 흘러가 버려지는 밥 한 톨도 버리지 않고 건져내 드셨다고 어머니가 B에게 들려주곤 했다.

친할아버지 댁은 이렇게 해서 세월이 갈수록 재물이 자꾸 늘어났다. 약초와 의술로 벌어들이는 것은 모았다가 모조리 땅을 샀다. 구두쇠라는 욕은 들었지만 재물은 늘어났다.

이렇게 늘린 재산인 논과 밭을 소작인에게 빌려주었고, 소작료에서 들어오는 것을 모아 또 논과 밭을 사곤 하여, 나중에는 외할아버지보다 더 많은 재산을 축적하게 되었다.

들리는 말에 의하면 할아버지의 땅을 밟지 않고는 사천군에 들어설 수 없노라 하는 말이 있을 정도였다고 한다.

그런데 그렇게 부자가 되었어도 원래부터의 부자가 아니었기에, 그런 점 때문에 별로 존경받지는 못했다고 한다.

외할아버지 댁은 예전부터 부자였고 미신을 잘 지키는 집안이었다. 반면 친할아버지는 귀신 따위는 안중에도 없었고 짐승도 무서워하지 않았다. 친할아버지에게 무서운 것은 오직 사람뿐이었다.

약초를 캐러 산에 다닐 때, 산중에서 산적이라도 만나면 가진 것을 빼앗기는 것은 물론, 목숨도 잃을 판이다.

산적이라고 해봤자 중국의 마적과 같은 것도 아니고, 먹고 살려고 산에 들어와 사는 사람일 수도 있지만….

그중에는 포악한 자도 있어서 사람을 해치기도 했다고 한다.

친할아버지는 이런 자와 도적을 경계했다. 그래서 담장도 높이 쌓았다. 대문도 잠가두었다.

친할아버지에게는 또 한 가지 철저한 철학이 있었다. 누구라도 놀고먹는 것을 가장 싫어하신 것이다.

자식들이라 할지라도 하루 한 끼도 놀며 먹어서는 안 되는 일이었다. 정 할 일이 없다면 머슴 대신 자식이 마당이라도 쓸거나 장작이라도 패고 밥을 먹어야 했다. 그렇지 않으면 굶겼다. 자식들은 이걸 싫어했고, 마을 사람들도 할아버지를 지독하다고 욕했다.

심술궂은 어떤 거지는 밥을 안 주면 떠나가지 않고 대문 밖에서 고래고래 소리를 지르며 각설이 타령을 계속 해댔다고 한다. 머슴을 시켜서 쫓아버리려 해도 소용이 없었다. 이럴 때 친할아버지는 직접 나서서 빗자루로 때려서라도 쫓아버렸다.

친할아버지가 거지한테 머슴이 되어 일해보라고 한 적도 있었는데, 그들은 듣지 않았다고 한다.

B의 아버지도 서울에서 한의원을 하시며 거지를 고용해보았는

데, 거지가 답답하다며 못 견뎌 나가버린 적이 있다. 그래서 거지도 제 팔자라고 하셨다. 아마 시골의 거지도 이러했던 모양이다.

친할아버지가 세상을 떠나자 친할머니는 안방을 아들 내외에게 비워주고 골방으로 들어가셨다.

B가 시골에 가보았을 때 X 아버지 내외가 기거하는 안방은 방바닥을 콩기름으로 문질러서 반들반들했다. 그러나 할머니의 골방은 짚으로 엮어 만든 멍석만 깔려 있는데, 짚 멍석이 오래되어 시커멓게 보였다.

할머니는 세상을 떠나기까지 굳이 고집하며 이렇게 소박하게 살았다. 할머니는 외할머니와는 많이 달랐다. 할머니는 늘 조용하고 말이 없었다. 양순하고 체구가 작고 무척 내성적이었다.

그러나 부지런했다. 무엇이든 손에 늘 들려 있었고 쉬지 않았다. 머슴들이나 할 일도 마다하지 않고 늘 일했다. 짚으로 새끼줄이라도 만들었다. 이렇게 하며 할아버지와 함께 재산을 늘린 것이다.

"왜 할머니가 직접 그런 것을 만드세요? 머슴이 하지요." 했더니, "일은 누가 하든, 아무 일이든 일은 좋은 것이야. 늘 부지런해야 한다."고 하셨다.

"안방은 장판도 깔고 노랗게 콩기름도 발라서 반질반질한데, 왜 할머니 방은 이래요?"

"괜-앤-찮다. 이게 좋아. 밥 먹고 사는 것, 이게 중요한 거야."

어린 B가 보기에는 이상했다. 외할머니에게서는 볼 수 없는 모습이었다.

만약에 외할아버지와 친할머니가 부부였다면 어떠했을까? 너무 소극적이고 나약한 부부였을까?

아니면 성격이 맞는 행복한 부부였을까?

반대로 친할아버지와 외할머니가 부부였다면, 강하여 성공하는 부부였을까? 아니면 너무 강하여 매일 싸움이나 하다가 부러지거나 하지는 않았을까? B는 이런 생각을 해본 적도 있었다.

그런데 두 집이 다 부부간 궁합은 잘 맞았던 것 같다. 이럴 때 천생연분이라고 하는가 보다.

B의 어머니는 온유한 외할아버지와 여장부 스타일의 외할머니 사이에서 첫 아이로 태어났다. B의 아버지는 강한 친할아버지와 유순한 친할머니의 막내아들로 태어났다.

외가댁에는 자녀가 많았다. 아들이 아홉 명에 딸이 둘이었다. B의 어머니는 이 11명 중에서도 제일 먼저 태어난 장녀이다. 출생 순위 1번 장녀와 그 아래로 10명이나 되는 동생들이 있었다.

친할아버지 쪽은 아들 넷과 딸 셋이었는데, 이들 중에서 B의 아버지는 네 번째로 출생한 막내아들이었다.

이렇게 태어난 B의 아버지와 어머니의 성격은 양가의 차이만큼
이나 많이 달랐다. 그리고 아무리 보아도 아버지와 어머니는 천
생연분은 아닌 것 같다.

어머니는 외할머니와는 모습도 성격도 딴판인데 외할아버지를
닮은 것 같고, 아버지는 친할아버지 쪽으로 많이 닮은 것 같은데,
친할아버지를 B가 워낙 모르니까 잘은 모를 수밖에 없다.

B는 이처럼 서로 다른 맥락을 가진 양가의 흐름 속에서 태어났
으며 호적상으로는 여섯 번째 아들이다. B의 성격은 이렇게 흘러
내려온 양가의 뿌리에서 만들어진 것 같다.

B는 시골에서 태어나지는 않았다. B는 서울에서 태어나 줄곧
서울에서 자랐다. 그래서 그곳 시골이 B의 고향이라고 생각되진
않았나. 자신의 시골이라는 느낌도 없고, 부모님의 고향일 뿐이
라는 생각만 들었다.

그렇긴 해도, B는 어릴 때부터 거의 시골 이야기만 들으며 자랐
다. 그곳 시골에서 상경(上京)하여 서울에 집을 지은 사람이라고
는 일가친척 중에서 유일하게 B의 부모님 집뿐이었다. 그렇기에
B가 자란 서울 가회동 집에는 양가의 시골 사람들의 방문이 끊이
질 않았다.

참고로 한 가지 부가한다면, 당시에는 서울의 명칭이 '서울'이 아
니었다. 일제강점기에 그들이 만든 '경성'이라는 이름으로 불리던

때였다. B의 아버지는 이 명칭을 싫어해서 늘 한양이라고 불렀다. B의 아버지가 그러니까 시골 사람들도 오면 다들 한양이라고 했다.

시골 사람들은 굳이 일이 없더라도 한양 구경하러 와서 머물렀다. 오면 부모님 집은 그들에게 한양 여관이 되는 셈이었다.

그리고 모여서 하는 이야기라곤 늘 이런저런 시골 이야기뿐이었다. 혹 간간이 도시 이야기라도 했다면 '서울 창경원에 동물이 그렇게 많은지 놀랍다'거나, 호랑이 이야기, 코끼리 이야기, '신작로(도로)가 끝이 안 보이게 쭉 뻗어 있더라. 거짓말 조금 보태서 눈 나쁜 사람은 끝이 안 보이겠더라', '종로 한복판을 기차가 달리더라!' 하는 경탄 같은 것이었다.

실은 전차였지만 그들은 기차와 전차를 구분하지 않고 기차라고 말하기도 했다. 그러면 B의 아버지는 웃으며 "그건 전차야" 하곤 했다.

그 당시 한양 구경하러 간다는 것은 지금으로 치면 지구를 한두 바퀴 돌기라도 하는 양 엄청난 일이었다. 그것도 그럴 것이 시골사람이 한양에 와서 어디서 먹고 자고 한단 말인가.

'한양 구경을 해보았으면…' 하는 것은 시골사람들의 평생 소망이었다. 한양 구경을 하면 남들 못 한 것을 해보았다는 큰 자랑거리가 되었다. 평생을 한양 구경 못 해보고 죽는 사람이 대부분인 시절이었기 때문이다.

　B의 외가댁과 친가댁 식구들은 이때 가회동 집을 거쳐서 한양
구경을 모두 한번씩은 해보았다.

　지금이야 해외여행 가는 일도 흔하지만, 그 당시는 미국에 열흘
만 있다 와도 혀 꼬부라진 소리를 하거나 우리말을 잊어버렸다느
니 하는 그런 시절이었으니 말이다.

백사의 미소와 벅수

슬픈 어미 소와 불쌍한 송아지의 운명

_____소여물

친할아버지가 생존해 있었을 때는 어땠는지 모르겠으나, B는 할아버지 집에서는 소를 본 기억이 없다. 어떻게 농사는 지었을까? 친할아버지가 세상을 하직한 이후에는 아마 소작으로만 운영했을 것 같다.

돼지우리간도 본 적이 없다. 궂은일에서 손을 떼고 놀기만 했을까? 자녀들이 손에 흙 묻히는 것을 본 적이 없다.

친할아버지 댁과는 달리 외할아버지 댁에는 두 마리의 소와 몇 마리의 돼지가 있었다. 소여물을 쌓아두는 커다란 창고도 있었고, 창고 옆에는 소여물을 끓이는 아주 커다란 가마솥도 설치되어 있었다.

가을 추수가 끝나고 나면 볏짚을 묶어 창고에 가득 넣어두었다가 필요할 때 꺼내어 소 먹이로 주는데, 때로는 볏짚을 작두로 잘게 썰어서 큰 가마솥에 가득히 넣고 끓여서 준다. 이렇게 하면 소여물죽이 된다.

B는 볏짚을 자르는 작두를 보고 놀랐다. 그렇게 큰 작두를 본 적이 없었다.

머슴이 볏짚을 작두에 한 묶음 끼워놓고 와작 자르는데, 옆에서 보고 있는 B에게 외삼촌이 주의를 주었다.

"이거 무섭지? 이걸 갖고 장난치지 말거라, 팔 다리 잘린다."

작두가 무섭게 커 보여서 허리라도 잘릴 것 같았다.

소여물죽은 볏짚만 넣어서 끓이는 것이 아니었다. 가마솥에서 볏짚이 적당히 삶아지면, 거기에 큰 콩자루 하나를 들이부어서 또 끓인다. 이렇게 하여 영양가 있는 소여물죽이 된다. 이것을 산모 소에게 먹인다. 젖 잘 나오고 새끼 잘 키우라고 주는 건강 특식인 셈이다.

따라서 이것은 자주 있는 행사가 아니었다. 이 특별한 행사 때는 머슴만 일하는 것이 아니고, 외삼촌들도 나와서 거들고, 이웃까지 구경 와서 온통 떠들썩해진다.

B는 이 구경을 감탄하며 딱 한 번 보았다. 서울내기가 운 좋게 시골에 가서 본 행운이어서 지금도 잊히지 않는다.

땅 팔 때 사용하는 커다란 부삽 두 개를 큰 가마솥에 꽂아 넣고, 외삼촌과 머슴이 부뚜막 위 양쪽에 올라서서 막 뒤집고 휘저었다. 처음 보는 모습에 어린 B는 입을 헤, 벌리고 "아이구야!" 했다.

집에서 작은 밥주걱만 보아오던 B에게 그토록 커다란 부삽주걱은 놀라웠다. 외삼촌이 부삽주걱을 휘저으면서 말했다.

"엄청 큰 밥주걱이지, 소 밥주걱이다."

"가마솥에 가까이 오지 마라, 뜨거운 물 튀긴다. 데일라."

더 가까이 보고 싶어서 다가가자 외삼촌이 주의를 주었다. 가마솥에서는 김이 무럭무럭 나면서 소여물 콩죽이 부글부글 끓고 있었다.

그때 외양간에는 새끼 배어 배부른 암소가 있었다. 소여물 끓이는 소죽의 특이한 냄새가 마당 가득히 퍼져나가서 소외양간에까지 흘러 나갔다.

소는 목을 길게 빼들고 연신 여물죽 끓이는 쪽을 바라보았다. 아마도 침을 꼴깍꼴깍 삼키고 있을 법한데, 겉보기에는 침을 질질 흘리고 있었다.

그러나 이때 본 이 소가 B가 전해들은 〈슬픈 어미 소와 송아지의 불쌍한 운명〉 그 이야기의 소는 아니다.

슬픈 어미 소의 이야기에 등장하는 소는 오래 전에 있었던 다른 소이다. 그 소도 출산 후 이와 같이 콩 넣어 삶은 여물죽을 맛있게 먹었으리라!

_____ 어미 소와 송아지

이제부터 이야기할 B가 들은 슬픈 어미 소의 일은 그날, 즉 어린 B가 소여물죽 끓이는 광경을 본 그날보다 훨씬 이전에 벌어진 일이다.

훨씬 이전, 그때 B의 어머니는 임신하여 외할아버지 댁에서 지내며 출산을 기다리고 있었다. 그런데 공교롭게도 이때 외할아버지 댁에 있는 암소 역시 임신하여 출산을 기다리고 있었다.

어머니와 암소, 이 둘이 언제 출산하게 되느냐, 이것은 아주 중요한 일이었다. 다행히 출산 날짜를 짚어보건대 같은 날짜가 아니었다. 그러므로 별로 문제될 것이 없다 싶어서 다들 편하게 지내고 있었다.

이러고들 있는데, 어느 날 한밤중에 어머니에게 갑자기 진통이 왔다. 암소에게도 갑자기 산통이 왔다. 출산을 앞둔 징조였다. 온 집안이 난리가 났다.

"이래선 안 된다. 이렇게 되면 큰일이다. 산모와 암소가 함께 이런 일이 생기면 안 된다."라며 외할머니가 안절부절한다.

소외양간 앞에는 놀라서 달려 나온 외할아버지와 외삼촌들의 소리로 웅성웅성했다.

"이거 어떻게 막을 길이 없나? 어떻게 방도를 구해봐라."

외할아버지도 당황하여 외양간 앞을 왔다갔다 하신다. 소란한 소리를 듣고 이웃까지 모여들었다.

이렇게 모두가 밤을 지새며 웅성거리다가 내실에서는 어머니가, 외양간에서는 암소가 동시에 출산을 했다.

안채 내실에서는 산모의 출산으로 여자들이 왔다갔다 부산하고, 외양간에서는 암소의 출산을 거두는 머슴과 남자들의 소리가 시끌시끌하면서 곧 날이 밝아왔다.

새벽에 긴급 가족회의가 열렸다. 마을 무당도 급히 달려왔다.

"큰일 납니다. 자식에게 큰일 납니다. 못 살아요. 살아도 불행해집니다."

하고 무당이 말했다.

"그럼 이걸 이제 어떻게 합니까? 우야믄 좋습니까?"

가족들의 걱정스러운 물음이었다. 무당이 말했다.

"이왕 벌어진 일이고 방법을 찾아야 됩니다. 송아지를 버려야 합니다."

송아지 버리는 일만이라도 해서 집안의 재앙을 줄여야 한다는 이 말을 막을 사람은 아무도 없었다. 그리하여 결국 송아지는 죽이기로 결정되었다.

"그냥 집 밖에서 기르면 안 될까요?"

외삼촌의 물음에 무당이 말했다.

"반드시 죽여야 합니다. 죽이되 집안에서 죽이면 안 되고, 집 밖에서 죽여야 합니다. 해가 중천에 오르기 전에 빨리 해야 됩니다."

여기서 전혀 이해가 안 되는 부분이 있다. 소와 산모에 관한 전래 이야기가 있었을까?

B의 어머니 말에 의하면 무당의 말을 따른 것이라고 하는데, 전래 이야기도 없는데 무당 말만 듣고 이렇게 했다면 말이 안 된다.

생명과 관련된 중요한 것을 그렇게 결정하다니? 뱀 같은 말에 넘어가는 벅수라 할지라도, 그 많은 식구가 무당의 단 한마디에 그렇게 굴종할 수는 없는 일이라는 생각이 자꾸 난다.

아무튼 이렇게 결정이 내려지자 머슴과 남자들이 소외양간에 모였고, 여자들도 떠나는 송아지를 안 볼 수가 없어서 마당에 나왔다.

어머니를 나오지 말라고 만류했지만, 송아지에게 큰 죄 지은 마음으로 어머니도 나오고 말았다.

마당에는 온 가족이 다 나와 있었다. 모두의 표정은 불안하고 어두웠다.

드디어 송아지를 끌고 나와야만 했다. 암소와 새끼는 사람을 피하여 구석에 붙어서 움직이질 않았다. 어미의 젖을 물고 있는 송아지를 떼어내야만 했다.

암소는 새끼에게 젖을 물린 채로 머슴의 손길을 피하여 이리저리 움직이며 울어댔다. 두어 사람이 더 들어가서 암소의 고삐를 잡아 제지하고 송아지를 강제로 떼어냈다.

송아지는 끌려 나가지 않으려고 버둥거렸다. 하지만 결국 외양간 우리 밖으로 끌려 나갔다. 그러자 목을 비틀고 어미를 바라보았다.

어미 소는 외양간을 탈출할 듯이 문틀에 부딪치며 목을 빼어 새끼를 향해서 "음메, 음메!" 크게 울어댔다.

어머니는 그날 암소가 눈물 흘리는 것을 보았다고 한다. 모두들 그걸 보고 눈물을 흘렸다고 한다. 그날 새끼도 어미도 크게 울어댔다.

넓은 마당을 가로질러 갈 때까지 어미는 울며 새끼를 바라보았다. 새끼도 목을 뒤로 비틀어대며 어미를 바라보고 울며, 울며 끌려갔다.

B의 어머니는 그날 본 그 눈물이 평생 가슴에 담겨 있다고 했다.

'소가 눈물을 흘릴까? 정말일까? 짐승이 무얼 알기나 할라고?'

어릴 때는 더러 이렇게 생각하기도 했지만, 후일 어른이 되어 군대 생활을 할 때 B는 돼지의 눈물을 보았다. B가 복무하던 그 당시에는 군 영농이라 하여, 군대 내에서 무, 배추도 심고 돼지도 여러 마리 기르고 잡기도 했다. 예리한 칼로 돼지 목을 딸 때 비명 소리가 엄청 크다. 그래서 '돼지 목 따는 소리'라는 말까지 있다.

돼지 목 따는 비명소리에 다른 돼지들도 줄줄 눈물을 흘렸다. 이를 보고 B는 깜짝 놀랐다.

'인간만이 감정과 정서가 있다고?'

그 누가 어리석게도 '인간만이 감정과 정서가 있다'고 말했던가!

송아지는 무당이 끌고 가서 죽였다. 그리고 외할머니 가족은 아무도, 심지어 머슴조차도 그 가여운 송아지 고기를 먹지 않았다. 먹을 수도 없었지만 집안사람은 어느 누구도 먹어서는 안 된다는 무당의 말을 따른 것이다.

동네 사람들도 그걸 안 먹었다. 무당만이 그것을 처리했다. 그 보리 흉년 시절에. 그 귀한 고기를, 그 당시는 시골에서 소고기란 일 년에 한 번 구경하기조차도 힘든 때다.

새끼를 떠나보낸 암소는 그날부터 먹이를 먹지 않았다. 며칠씩 굶었다고 한다. 좋은 죽도 마다하고 식음을 전폐한 것이다.

_____산모의 젖

그런데 이 슬픈 어미 소와 불쌍한 송아지의 운명은 이것으로 끝나질 않았다. 이것은 두고두고 B의 어머니에게 일평생의 큰 화근이 되고 말았다.

산모에게서 젖이 갑자기 뚝 끊긴 것이다. 많이, 아주 잘 나오던 젖이었는데, 송아지 처리 후 사흘이 지나서부터 젖이 안 나왔다. 젖이 조금 적게 나오는 것도 아니고, 너무 잘 나오던 젖이 아예 딱 끊기고 만 것이다.

"애야, 어인 일이냐? 마음을 편하게 가져라. 잘 나오던 젖이 느닷없이 끊기다니, 미역국이랑 밥도 잘 먹도록 해라."

모두들 이 의외의 일에 놀라고 있었다. 도저히 상상할 수 없는 이상한 일이 벌어진 것이다. 다시 무당을 불러야 했다.

"송아지 처리를 잘해서 아이에게는 화가 없어졌지만, 어미 소의 한을 풀어주어야 합니다."

그러나 무당이 와서 무슨 짓을 해도 소용이 없었다. 이 짓 저 짓 다 해보았지만, 산모의 젖은 끝내 돌아오지 않았다.

이 사건은 그것으로 끝나지 않았다. 엄마의 젖을 먹지 못한 갓난아이는 결국 죽었다. 둘째 아들이었다.

산모 젖 대신 어미 소의 젖을 먹여도 보았건만 배탈만 났다고 한다.

이 아이는 B의 어머니가 두 번째로 출산한 아이였는데, 이후부

터 태어나는 아이들이 어미의 젖을 못 먹으며 연이어 죽어나갔
다.

그리고 산모의 젖은 일생 동안 두 번 다시 나오지 않았다. 이상
한 일이다. 이 일을 두고 모두들 '어미 소와 송아지의 저주'라고
했다.

계속 태어나는 아이들에게 어미의 젖 없이 살릴 방도를 구해야
만 했는데, 그것은 쉬운 일이 아니었다.

B의 어머니는 외할머니보다 많은 아이를 낳았는데, 여러 아이
가 대부분 사망하고 말았다. 오늘날과 같은 분유가 없는 데다, 냉
장고도 없는 당시 어렵게 구한 짐승의 젖은 보관하기도 어려웠거
니와 비위생적이었다.

유모를 구하기도 쉬운 일이 아니었으니, 젖 없이 나른 것을 섯
으며 갓난이가 살아남기란 거의 불가능했다. 산모가 쌀죽을 끓여
서 천에 넣어 짜내어 쌀미음을 해서 먹이거나, 사과를 삶아 천에
쌓아서 즙을 짜내어 먹이기도 했다. 그러나 B 밑으로 태어난 아
이들도 이렇게 먹고 얼마 살지 못하고 떠나는 것을 B는 보았다.

백사의 미소와 벅수

그림에서도 영화에서도 많이 본 장면이 있다. 드넓게 펼쳐져 있는 초원과 언덕 위의 한 그루 나무, 그 주위를 거닐고 있는 한가한 소 떼들이 자유로이 노는 모습들. 이들 소 역시 자연 수명을 다하도록 평생 제멋대로 뛰놀며 살아가는 것은 아니다. 하지만 팔려가 도살되어 사람의 식탁 위에 오르게 되기 전까지 그들은 한국의 소와는 달리, 햇빛도 보고, 풀밭에 누워도 보고, 무리와 어울려 뛰어다녀도 보고…, 이렇게라도 한번 살아보다가 죽는다.

이들은 한국에서 사는 우리에 갇힌 소들에 비하여 사는 맛을 조금이나마 보고 죽었다고 할 것이다.

보신용 개든, 한우라는 소든, 튀김용 닭이든, 지금과는 다른 환경에서 길러지다가 떠나가도록 하면 안 되겠는가! 인간만이 자연에 공헌하고 사회에 기여하고 지구를 살리는 위대한 존재인 양 온갖 것을 누려야만 하는가!

한 집안에서 사람과 소가 함께 출생한다는 것은 집안의 경사로 볼 수도 있다.

'감히 인간과 함께 소가 새끼를…? 소 따위가 사람과 맞먹는 꼴이어서는 안 되지!'

혹 이런 사고방식이었을까? 무당이 뭐라고 말할지라도, 올바른 생각이 갖춰져 있었다면 그 말에 현혹되지 않았을 것이다. 그러면 불쌍한 어미 소와 송아지 사건도 없었을 것이고, 일생의 비극을 산모에게 일으키는 불행한 일도 발생하지 않았을 것이다.

저수지와 감나무, 그리고 버려진 우물

B의 시골에는 논이나 밭 부근에 더러 물웅덩이가 있었다. 가물 때 물을 보충하기 위해서였다. 거기서 미나리를 기르기도 했는데, 물웅덩이 속에 미꾸라지가 있기도 했다.

거머리가 우글거리는 미나리 밭도 있었다. B는 시골에 갔을 때 그 물웅덩이에 발을 넣었다가 시커먼 거머리들이 종아리에 달라붙어 살 속에 대가리를 박고 있어서 놀라 자빠진 적이 있다.

외할머니는 B에게 "물웅덩이에 너무 가까이 가지 마라. 미끄러질 수 있다. 깊은 웅덩이도 있으니 조심해라."라고 자주 주의를 주곤 했다.

특히 마을 저수지 부근에는 얼씬거리지 말라고 하셨다.

"저수지에 가면 귀신이 잡아간다. 저-얼-대로 가지 마라. 가까이 가면 물귀신이 잡아 끌고 들어간다."

그래도 동네 아이들은 저수지 물가에서도 가끔 뛰어 놀았다.

그 당시의 저수지란 그다지 큰 것도 아니었다. 오늘날과 같은 댐이나 큰 제방이 있어서 만들어진 호수나 저수지도 아니고, 사연지형상 물이 넓게 고일 수 있으면 이를 저수지라고 했다.

B는 저수지에 얽힌 시골 이야기를 많이 들어왔는데 그 사실여부를 증명할 길은 없건만, 그래도 B는 그 이야기들을 지금도 믿는다. B의 부모님과 친척 분들이 허망한 거짓 헛소리를 가지고 말했을 리는 없었을 것이기 때문이다.

_____저수지의 귀신 이야기

사람이 사는 곳이면 어느 곳에나 사고도 있고 자살도 있고, 좋은 일도 나쁜 일도 있게 마련이다. 다만 그 정도가 어느 정도이냐의 차이가 있을 뿐이다. 이 시골에서의 문제는 이상한 죽음이 연이어 일어나더라는 점이었다.

시골 저수지에는 안개가 자주 끼었다. 호수나 저수지라는 것이 어느 곳이나 다 그렇겠지만, 주변에 논이나 개천 등 습지가 많은 곳은 안개 낄 때가 흔히 있다. 그리고 흐린 날의 아침이나 해 저물어 기온이 내려갈 때면, 저수지 위가 아지랑이처럼 서려 있는 안개로 어려지곤 한다.

이런 날, 저수지 물가에서 아낙네가 빨래를 하고 있거나 아이들이 뛰놀고 있으면 그곳 마을 사람들은 걱정을 했다. 그런 날에 사고가 있어왔기 때문이다. 그렇지만 이런 날이라고 해서 궂은 날 피하고, 날씨 좋은 때만 골라서 일을 할 수는 없지 않은가. 시골 생활이란 것이 도시 생활처럼 그렇게 여유롭고 한가할 수는 없기 때문이다.

지금 이야기하고자 하는 저수지 사망 사건의 그날도 날씨는 흐렸다. 아낙네가 낮의 바쁜 일을 끝내고, 해가 어둑해질 때쯤 저수지 물가에서 빨래를 하고 있었다고 한다. 아이들도 물가에서 몇이 놀고 있었다.

그런데 갑자기, 빨래하던 아낙네가 슬그머니 일어서더니 하던 빨래를 놓아둔 채, 저수지로 걸어 들어가고 있었다. 꼿꼿이 선 채로 뒤도 돌아보지 않고 허리가 잠기도록 깊이 들어갔다.

이를 본 아이들이 "아지네, 아지네!" 하고 소리쳤다.

아낙네는 들은 척도 아니하고 더욱 깊이 들어갔다. 드디어 목까지 물에 잠겼고 곧 그 모습이 사라졌다. 아이들은 마을로 뛰어가서 소리쳤다.

"짱똘이 엄마가 물에 빠져 죽었어예!"

어른들이 놀라서 뛰쳐나왔다.

"뭐라코? 무슨 소리고, 빠지다니, 어데?"

"저수지에 빠졌어예."

"아니, 어떡카다가? 이를 우짜꼬, 우짜노?"

놀란 마을 사람들이 달려갔다. 저수지 위에는 시체가 허옇게 떠올라와 있었다. 이미 사망했다.

마을 사람들은 이 사건이 자살이냐, 귀신에 홀려서냐를 판단해야 했다. 이러기 위해서는 목격자가 필요했다. 목격자는 아이들뿐이었다. 아이들에게 물었다.

우선 판단해야 할 것은 물에 빠질 때, 물속에서 물 위로 몇 번이나 솟아올랐느냐 하는 것이었다.

아이들 말로는 한 번도 안 떠오르더라는 것이었다.

"그러믄 마구 버둥거리더냐?"

"아니예."

"그러믄 틀림없다. 귀신이 잡아간 기라."

"물귀신이 끌어당기니 떠오르질 못하지."

이렇게 판단했다.

"자살할 이유도 없는 기라. 저녁에 고구마 삶아 먹기로 했다는데… 빨랑빨래 빨고 금방 들어오마고 아이들에게 했다는데… 자살 아이다."

"또 시작되었구나. 귀신이…, 4년 지났나? 안 지났나?"

이 사건은 '안개 끼고 흐린 날의 귀신 짓'으로 판단되었고, 마을에는 비상이 걸렸다. 저수지 물귀신 사건이 한번 터지면 연달아 일어나기도 했기 때문이다.

"귀신이 배가 고팠는 모양이다. 무당 불러 고사를 지낼까?"

"무당이 무슨 소용 있노. 굿해봐야 되지도 않턴만."

젊은 남자들이 나섰다.

대책을 세우고 마을 경계를 강화하기로 했다. 혼자서는 빨래하러 가지 말 것. 날씨 흐린 날은 남자들이 조를 짜서 저수지 순찰을 돌 것. 귀신에게 홀려 빠져 들어가는 사람을 보았을 때는, 부르고 있지만 말고 달려가서 신발짝으로 따귀를 석 대 때릴 것. 이런 대책을 세웠다.

저수지 사건은 이번이 처음은 아니었다. 예전에도 이런 사건이 있었다. 어느 날은 지나가던 남자가 보고 끌어낸 적도 있었다고 한다.

물 밖으로 끌고 나왔는데 정신을 못 차렸고, 집에 와서도 눈동자에 초점이 없어 혼나간 듯 얼빠진 상태였다. 그래서 고무신짝으로 뺨을 때렸더니 정신이 돌아왔다고 한다.

'귀신 홀려 물에 걸어 들어가는 사람을 보거든 신발짝을 벗겨서 따귀를 석 대 때려라.'

이것은 이 마을에서 귀신 퇴치의 중요한 명심 사항이었다.

죽을 뻔한 당사자의 신발이 가장 좋지만, 아니면 고무신짝이든 짚신이든 자기 신발이라도 벗어서 사정없이 힘껏 때려야 한다는 점이 강조되었다.

B는 저수지 사건 같은 것을 직접 목격한 적은 없다. 그러나 저

수지는 꺼려졌고, 두어 번 멀리서 보았을 뿐이다. 그것도 늦은 오후나 안개 끼는 날에는 근처에 얼씬거리지도 않았다. '물귀신 사건'이 일어나면 마을이 온통 조심해야만 했다. 한번 귀신이 발동하면 연이어 사람 죽는 일이 발생했기에, 모두가 경계하고 서로 지켜주고 있었다. 저수지에 세탁하러 갈 때는 여자 2~3명이 모여서 갔고, 흐린 날은 남자가 따라갔다.

B는 시골 마을 사건의 결과는 믿는다. 그러나 그 과정은 믿어지지 않는다. 신발짝으로 뺨을 때렸더니 정신이 돌아왔다는데, 아마 손바닥으로 때렸어도 정신은 돌아왔을 것이다.

오늘날은 구두를 신는데 구두창으로 그렇게 때렸다간 턱뼈가 부러지거나 졸도를 했을 것이다. 여자 하이힐 굽으로 그랬다가는 살인이 날지도 모른다.

B 생각에는 그럴 때 젖은 옷을 벗겨 이불을 덮어주고 그냥 기다려보는 것이 좋지 않을까 싶다.

_____감나무귀신과 우물귀신 이야기

저수지 옆에는 감나무 군락지가 있었다. 군락지라고 해봤자 감나무 몇 그루가 있을 뿐, 수십 그루씩 있는 것도 아닌데 말은 이렇게 했다고 한다.

그곳 감나무에 목매달고 죽은 늙은 머슴도 있고, 시집 못 가 목매달아 죽은 병든 처녀도 있었다. 그런데 이것도 사람들은 '저수지 귀신의 짓'이라고 했다. 그래서 그곳의 감은 따먹지도 않았다. 그것은 까치, 다람쥐 밥이 되었다.

그곳은 한적한 곳으로 저수지의 습한 기운까지 있어서, 해 떨어지면 으스스 했는데 안개 낀 밤이면 오죽했겠는가. 귀신이 있다면 충분이 나올 만한 곳이기도 하다.

처녀가 목매달아 죽은 사건이 발생했을 때, 용기 있는 젊은이들이 아예 그 나무 몇 그루를 잘라 태워버리기도 했다고 한다.

저수지 사건이 발생하자 저수지 물길을 내어서 물을 빼자는 의견도 있었지만, 농업용수이며 마을의 중요한 빨래터이기도 하기에 그럴 수는 없었다.

아무튼 저수지 사망 사건이 있은 후, 철저한 경계와 대비를 해서인지 마을이 조용해졌다. 그런데 그 이듬해 사건이 또 발생했다. 이번에는 저수지가 아니라, 마을의 우물에 처녀가 빠져죽은 것이다. 마을 사람들이 저수지를 철저히 막으니까 귀신이 우물로 처녀를 끌고 들어갔다고 하여 또 소동이 벌어졌다.

그래서 이번은 시골의 우물귀신 이야기가 되어버렸다. '우물귀신' 문제는 저수지 때보다 훨씬 심각한 일이 아닐 수 없었다.

당장 우물물을 마시느냐 못 마시느냐의 다급한 일이 벌어졌기 때문이다.

그리고 '어떻게? 누가? 마을 우물까지 지키느냐, 매일 밤새워가면서?' 이것도 안 되는 일이었다. 사람이 빠져 죽어서 시체가 물위에 둥둥 떠 있었는데, 그 물을 마실 수는 없었다.

우물에 빠져 죽게 한 이 귀신의 짓은 마을에 대한 가장 고약한 짓이 아닐 수 없다. 이 정도의 사건이 되면 마을 사람들로서는 감당할 수가 없다.

무당은 말했다

"그것 보아라, 귀신을 노하게 해서는 아니 되는 기라. 잘못한 기라! 괜히 생사람 또 하나 죽게 했어. 귀신을 섬기지 못하겠으면 달래기라도 해야 해!"

이 말에 모두들 기가 죽었다. 결국 마을 '무당굿'을 할 수밖에 없었다. 누구라도 반대했다가 또 누가 죽기라도 한다면, 그 원망을 다 뒤집어쓸 것이 아니겠는가!

마을에 '귀신 사건'이 터진 후 그곳은 이웃 마을에서 구경 올 정도로 유명해졌다. 마을 귀신 소문을 듣고 떠돌이 거지들까지 모여들었다고 한다.

B의 시골

　이때의 시골이라는 것이 자신의 밭뙈기라도 갖고 있으면 다행이
지만, 이렇게 되기도 어려운 일이었다. 땅이나 빌려서 소작인 생활
이라도 할 수 있다면 그나마 다행이던 때었다.

　이것도 안 되면 머슴이나 식모, 아니면 움막집 짓고 날품팔이
를 해야 한다. 머슴 생활을 하거나, 식모살이를 하거나, 날품팔이
생활하는 것보다는 무당일이라도 하면 먹고 살기가 편했기에 그
랬는지는 몰라도, 무당과 점쟁이는 어디에나 있었다. 떠돌이 거
지 생활보다 좋을 것이다. 먹혀들어가기만 한다면….

목구멍이 포도청이라서

_____ 떠돌이 거지와 팔려가는 식모

B의 시골에는 마을을 떠나 서울로 갔다가 거지가 되어 돌아온 거지 농부도 있었다. 시골 농부가 도시에 갔으나 할 수 있는 일이라고는 막품팔이 일이나 지게꾼 일 뿐이었다. 시골에서 해본 일이 지게 지는 것뿐이어서가 아니고, 서울에서는 시골의 농사일조차도 구할 수가 없으니 지게꾼이 될 수밖에 없었다.

오늘날과 같은 대기업은커녕 중소기업이나 공장다운 공장도 제대로 없던 그 시대에, 제아무리 젊음의 용감한 뜻을 품어보았자 시골 농부나 머슴이 서울 올라가서 취업할 수 있는 자리란 남아 있지 않았다. 지게꾼 자리밖에 없는데 지게꾼들도 너무 많아서 일거리 구하기가 여간 어려운 일이 아니었다. 그러니 집도 없고, 알가친척도 없이 있다가, 먹을 것도 떨어져 추위와 굶주림에 지쳐서 병든 거지가 되어 마지막 길로 자신의 고향 마을에 되돌아오는 것이다.

이렇게 되돌아온 병든 거지는 그래도 고향에 와서 죽었다는 그 점만으로 그나마 위로라도 되었을까? 그게 다 무슨 의미가 있다고?

그의 인생은 거적데기에 싸여서 묘비도 없이 야산에 평토장 되는 것으로 끝났다.

고향 마을 시골을 떠나야 하는 일은 여자들에게도 흔한 일이었다. 목구멍에 풀칠하는 것조차 힘든 세상이어서, 가난한 집 딸자식은 흔히 식모로 팔려가곤 했다.

식모라는 단어에는 어미 모(母)자가 붙는다. 그러니까 아이를 낳은 아줌마여야 하는데, 실은 처녀도 식모라고 했다. 잔일 심부름이나, 아이 돌보미로 보낸 미성년 아이를 '아이 식모'라고 했다. 부를 때 '순아!'라거나 그가 온 마을 이름을 따서 마을 이름을 호칭으로 삼기도 했다.

식모 생활도 이왕이면 서울로 가기를 바랐다. 하지만 서울로 가든, 다른 도시로 가든, 월급을 주는 것도 아니고 밥이나 먹여주는 것이 다였다. 굶주리는 자식이 가서 밥이라도 배불리 얻어먹어 보라고 보낸 것이기에 급료는 생각 할 수도 없었다. 이점은 주인이나 식모나 다들 그렇거니 하고 살았다. 이러고 살다가 고향으로 떠나보내는 것이다.

6.25 진쟁 이후 좀 더 시대가 지나가서 급료와 유사한 대가가

지불되기도 했지만, 이것은 일부 층에만 있었다. 가령 떠나보낼 때, 결혼하여 살림살이로 쓸 물품을 주어 보내기도 했고, 적령기가 되어 부리는 집에서 마음씨 좋게 시집이라도 보내주었다면 큰 칭송받을 일이었다.

때로 드물게는 얼마의 돈을 선심 쓰듯 주어 보내는 일도 있었는데, 이런 건 흔치 않은 일이었다.

왜냐하면 '보릿고개'는 여전했고, 다들 딸린 식구가 많은 다산 시대였기 때문이다. 우선은 얻어먹기만 해도 다행이었으니까 더 무엇을 바라겠는가.

이토록 어려운 생활은 B의 시골에서만 있는 일이 아니고, 다른 농촌에서도, 그리고 도시에서도 흔히 있는 일이다.

나의 나라여, 나의 시골이여, 미신과 가난의 그늘에서 얼마나 긴 세월을 벗어나지 못하고 그렇게 살아왔던가.

_____산에서 내려온 곰처녀

지주의 땅을 빌려서 소작인으로라도 살아볼까 해도 땅뙈기가 없으니, 이런 사람은 산에 들어가서 숲을 불태우고 밭 터를 만들어 살게 된다.

이렇게 살다가 땅의 영양분이 다하면 이동하여 또 터를 만들어 살곤 하는 사람들을 '화전민'이라고 한다. 이런 화전민 생활만큼도 아니고, 마을 가까운 산에다 '거지 움막' 같은 것이나 짓고, 구걸이나 하여 거지로 살아가는 사람도 있었다.

어느 부부가 딸아이 하나 데리고 그렇게 살다가 남편이 병들어 죽고, 곧 아내도 따라 죽었다.

그러자 남아 있는 9살짜리 딸 혼자 거지가 되어 떠돌아다니다가 B의 외할머니 댁이 있는 시골에 왔다. 얼굴은 시커멓고, 몸은 부황증이 들어 '곰 단지' 같았다고 한다. 부황증이란 너무 굶주려 못 먹어서 얼굴이 퉁퉁 부은 것을 말한다.

그 거지 아이를 마을의 유일한 기와집인 B의 외할머니 댁에서 거두어들였다. 키워가며 식모로 쓰기 위해서였다. 그는 외할머니 댁의 부엌에서 줄곧 일하며 커왔다. B가 그녀를 본 것은 그녀가 19세이던 때다. B는 11살이었다. 6.25 전쟁 직후였다.

그녀를 아이들이 '곰'이라고 부르며 놀렸다. 어른들은 '곰순아' 하거나 '순아' 순이야라고 부르기도 했다. 그녀는 '곰'자를 붙여 부르는 것을 아주 싫어했다. 그래도 어른들이 놀리느라고 가끔 "곰순아!" 하고 부르기라도 하면 곰순이는 입술을 삐쭉이 내밀며 상을 찡그리거나 볼을 부풀려 화난 것처럼 불뚝이가 되기도 했다. 이러는 것을 보고 아이들은 웃었다.

곰순이가 하는 일은 주로 빨래물일과 주방물일, 그리고 장작불 때는 일이었다. 그 당시는 세탁기도 온수 보일러도 없었으니, 겨울철 차가운 물에 손 넣는 일과 밤마다 아궁이 앞에 앉아서 힘들게 장작불을 지펴야 했다.

B는 외삼촌만도 9명이다. 이 대식구의 빨랫감이 얼마나 많았겠는가. 음식은 채소와 생선인데, 우물가에서 매일 해야 하는 일이 빨래하고 채소와 생선을 씻고 다듬는 일 아니겠는가!

이런 일로 곰순이의 손은 늘 터져 피부가 쩍쩍 갈라져 있었다. 그리고 시커먼 곰순이의 손등에는 돼지기름이 자주 두껍게 발려 있었다. 돼지기름은 갈라진 손등의 약이었다. 때로는 갈라진 손등의 피부 사이로 피가 더러 흘러나오기도 했다. B는 이것을 보았다.

그녀의 옷은 연기에 이곳저곳 검게 얼룩져 있었고, 얼굴은 검고, 마치 장독대의 독처럼 허리가 없어 보였다.

처음 곰순이를 만난 날 외할머니는 B에게 곰순이에 대한 한 가지 당부를 하셨다.

"다른 아이들이 순이를 '곰'이라고 부르더라도, 너는 그렇게 하지 말거라."

"왜요?"

"싫어한다."

"그러면 뭐라고 하나요?"

"그냥 누나라고 해라. 아니면 '순이 누나'라고 하든가."

B는 그냥 '누나'라고 부르기 시작했다. 처음 누나라고 불렸을 때, 곰순이의 놀라워하는 모습이 생생하다. 그때 B가 11살인데 지금도 기억이 생생하다니, B도 이상하다고 생각된다. 아마 그날 B도 놀랐기 때문일 것이다. 그녀는 화들짝 놀라워하며 눈을 휘둥 그레 뜨고 말했다.

"나에게 누나라고 말했냐? 나를 누나라고 불렀어! 내게 했어?"

"네."

"네, 라고?!"

B는 머리를 끄떡끄떡했다. 그녀는 눈물을 흘렸다. B는 지금도 그녀의 눈물을 잊지 못한다.

사람의 기억이 왜 그럴까? 옛것은 잊고 가까운 것은 기억해야 하는데, 이상한 점이 있다. 기억되는 어릴 적의 어떤 옛것은 그림 보듯 환한데, 오히려 나이 들어서의 많은 것들이 기억되지 않는 다. 무슨 이치인지 모르겠다. 아무튼 그날 이후 그녀를 기억할 때 가 많았다. 그녀의 말, 외숙모나 외할머니에게 하는 하소연, 이런 것들을 기억한다.

"누나라고 불러주는 사람 없었는데! 난생 처음 들어봐! 다른 아 이들은 나를 곰이라고 놀려, 돌멩이나 나무토막을 던지기도 해!

아, 내게도 서울아이 같은 동생이 있으면 좋겠다!"

B를 '서울아이'라고 부르며 너무 착하다고 했다. 시골아이와는 다르다고 했다.

그날 이후 그녀는 B의 외가댁 식구들에게 투덜투덜 푸념을 하곤 했다.

일가친척이 아무도 없음을 외로워했고, 남들처럼 시집가서 '서울아이' 같은 아들도 낳아보고 싶다고도 했다. 그리고 자주 울었다.

그래서 곰순이에 대해 외가댁에서 걱정들을 했다.

"서울아이가 오더니 곰순이가 왜 저렇게 달라졌냐! 안 하던 짓까지 하고!"

B에게 '곰순이 가까이 가지 말'라고 주의까지 주었다. B는 그녀의 슬퍼하며 우울해하는 어두운 모습을 멀리서나마 보았다. 그리고 B는 서울로 떠났다.

그 후에 전해들은 말로는 우울하게 지내는 곰순이를 머슴과 짝지어 주려 했으나, 머슴이 곰순이는 여자로 안 보인다고 싫어하여 성사되지 않았단다. 그녀는 얼마 후 폐렴에 걸려 죽었다. 어머니께서 B에게 들려주시는 이 소식을 듣고 B는 몹시 슬퍼졌다. 지금도 가슴에 와닿는 싸한 것이 느껴진다.

'곰순이'는 그 시대에 실존했던 가난하고 불쌍한 허다한 모습 중의 하나였다.

시골 땅에서
한 양 으로

한양

B의 호적상 고향은 시골이다. 그러나 그 시골 땅은 B에게 호적상의 고향은 될지 몰라도 고향이 될 수는 없다. B에게는 그곳 시골 땅이 고향이라는 느낌이 전혀 나질 않는다.

시골 땅, 그곳은 어디까지나 부모님의 고향일 수밖에 없다. 부모님은 거기서 태어나고, 자라고, 그곳 땅에서 두 분의 연애가 시작되어 아이도 낳았다.

부모님은 그곳 시골 땅에서 갖은 애환을 겪으면서 두 분의 꿈과 소망을 키워왔고, 긴 세월을 보냈다.

그러나 B는 한양(경성. 서울)에서 태어나 어른이 되도록 지냈으며 이곳에 터를 잡은 사람이다.

그래서 B에게 시골은 언어 들은 이야기를 통해 이해해볼 수 있는 곳일 뿐 고향이라고 할 수는 없다. 그곳은 B의 뿌리를 살피고 생각하고 묵상하는 대상이라고나 할까.

천생연분

B의 아버지와 어머니는 동갑이다. 1908년생으로서 생일이 아버지는 4월, 어머니는 3월이니, 어머니가 아버지보다 한 달 더 위다. 두 분은 중매로 맺어진 관계가 아니다. 그 시대 그곳 시골 바닥에서 중매가 아닌 결혼은 특별한 일이었다. 게다가 이 결혼은 이상하게 시작되었다.

아버지가 어머니 집에 어느 날 갑자기 들이닥쳐 어머니를 자기 아내로 주십사고 해서 연애가 시작되었다. 이것은 지금 보아도 무례한 일이지만, 당시엔 더더욱 도리에 어긋나는 가당치 않은 짓이었다.

B의 할아버지는 이 느닷없고 무례하기 그지없는 행동에 대해 가만있을 리 없었다. 그런데 이와 반대로 외할아버지와 외할머니는 다행히도 이를 좋게 보아주었다.

'그 녀석 참 용감하구만, 나중에 크게 될 인물이야'라고 보신 것이다.

그래서 B의 외갓집, 즉 아버지의 처갓집에서는 어머니와 아버지의 연애를 흔쾌히 허락했다. 아마도 뉘 집 아들이라는 걸 이미다 알고 있었기에 허락되었으리라. 그렇게 해서 아버지는 위로 세형도 제쳐두고, 소문난 연애를 시골바닥에 펼쳐 보였다.

아버지는 이 연애를 어머니와 함께 일으킨 그 시대의 큰 혁명이라도 되는 양 여기셨다. 그런데 그 혁명적이라는 것이 아버지에게는 자랑스러운 일일지 몰라도 주변에서 보기에는 자연스러운 일이 못 되었고, 더구나 할아버지는 이 일을 아주 좋지 않게 여겼다.

그러던 판에 두 분은 더 혁명적인 일을 저질렀다. 혼인도 하기전에 임신을 한 것이다. 두 분은 17세에 만나서 그 다음해인 18세에 딜컥 아들을 낳았다. 이것은 심각한 일이었다.

그 시대에 용서될 수없는 일인 것이다.

할아버지는 이 일을 용서하지 않았다. 그래서 일이 이상하게 되어갔다. 아이를 1926년에 낳았는데, 출생신고는 5년이나 지난 1931년, 아이가 5살 때였다.

이때야 비로소 어머니를 아버지의 호적에 입적시킬 수 있었던 것이다. 그러나 혼인 날짜는 아이의 출생 날짜보다 뒤로 되었다. 당시는 호적 기록을 이렇게도 했던 모양이다.

그런데 일이야 이렇게 되든 저렇게 되든 개의치 않고 아버지는 당당했다. 혁명이란 어디서나 여러 가지 고난이 따르기 마련 아니겠는가.

　반면에 어머니께서는 이 자연스럽지도, 결코 자랑스럽지도 못
한 일들로 인하여 마음고생이 컸다.

　그리고 혁명동지답지 않게 부끄러워하고 늘 불안해했다.

소망

　그렇게 주변 문제도 아랑곳 않고 두 분이 천생연분인 것마냥 일찌감치 아이를 낳았다. 그런데 그런 환경 속에서 태어난 아이가 아주 다행스럽게도 아들이었다. 첫 번부터 아들이라니, 이건 자랑할 일이다.

　그런데 태어난 아이가 아무리 아들일지라도, 첫 손자 출생이라는 이 정도의 사실을 가지고 할아버지의 고집을 바꿀 수는 없었다.

　그래서 출산 후에 아버지는 할아버지가 사는 본집에서, 그리고 어머니는 친정집에서 지내야만 했다.

　이렇게 따로 떨어져 생활하며 반 쪼가리 처가살이를 하다가, 나중에는 처갓집살이로 아예 들어앉아버렸다.

　이 처지에서 아버지가 바라는 꿈이 있다면, 그것은 시골을 떠나 한양으로 이사가버리는 것이었다. 이것이 자나 깨나 유일한 소망이었다.

허지만 소망이야 이렇든 저렇든 간에 한양으로 가는 것은 쉽게 될 일도 아니거니와 당시앤 꿈에서조차 가당치않은 일이었다.

두 분은 가망 없는 갈등 속에서 '어미 소와 송아지의 슬픈 운명'이라는 불행한 일과 산모의 젖이 나오지 않는 괴이한 일, 그리고 태어나는 아이들의 연이은 사망까지 겪다 보니, 그 혁명적이라는 삶의 의미마저도 흐려져만 갔다.

산모의 젖도 안 나오고, 갓난아이의 사망도 이어지는데, 이 지긋지긋한 시골살이 속에서 세월이나 보내고 있으면 되는가? 첫아이 출생 후 벌써 10년이라는 세월이 흘러가고 있었다. 두 분의 나이도 28세나 됐다.

이때, 어느 날 꿈의 소망이 갑자기, 별똥별같이, 아니, 하늘에서 벼락 치듯이 내려왔다.

꿈의 한양으로 이사를 갈 수 있게 된 것이다. 할아버지가 막내아들의 소망을 풀어주신 것이다. 꿈꿀 수조차 없던 꿈이 현실로 이루어졌다.

이것이 꿈이냐 생시냐, 아버지는 아들 셋을 데리고 서울로 울라갔다. 그동안 아이 여럿을 잃었기에 아들 셋만 거느리고 상경하게 되었다.

왜? 아들 셋 뿐이었을까? 어머니가 아이 출산을 적게 한 것은 아니었다. 어머니는 젖은 나오지 못했지만 외할머니를 닮아 다산

체질이었다.

외할머니는 아들 아홉에 딸을 둘 낳았다. 그런데 이들 11명 중 1명도 잃지 않고 다 키워냈다. 그런데 어머니는 이보다 더 많이 출산했건만, 젖을 제대로 먹이지 못해서인지 살아 있는 자식보다 죽은 자식이 더 많았다.

'슬픈 어미 소와 불쌍한 송아지' 사건 이후부터 생모의 젖 없이 출생한 어머니의 아이들은 어미 소와 송아지의 저주라도 받은 것마냥 자꾸 죽어 나갔기 때문이다.

큰아들을 낳고 둘째 아들을 임신했을 때 '슬픈 어미 소와 불쌍한 송아지' 사건이 생겼고, 이때부터 아들들이 연속 사망했다. 그러다가 살아남은 한 명이 호적상 둘째 아들이 되었고, 이 아들 밑으로 아들 쌍둥이를 낳았다. 그런데 한양으로 상경하기 전에 그 한 명조차 사망했다.

쌍둥이를 낳고 이때 유모를 두어보았으나, 쌍둥이 둘과 유모 아이까지 아이 셋을 먹이기에는 젖이 부족해서, 쌍둥이 동생은 살지 못하고 일찍 떠났다.

쌍둥이, 즉 만성이의 동생 난성이가 죽고 나자 남은 쌍둥이를 만성이라 부르지 않고, 혼자 남았다고 단둥이라 부르기도 했다고 한다.

한양으로 가기 전에 쌍둥이 중에서 혼자 남은 단둥이, 즉 만성이 아래로 또 아들을 낳았는데, 이 아이도 일찍 사망했다.

유모를 어렵게 구하여 두어보았으니, 그 또한 제대로 못 먹고 살아오던 궁핍한 생활 속의 산모였기에 젖이 제 아이 하나 먹이기에도 부족했던 것이다.

유모가 자기 아이를 먼저 먹이고 나서 젖동냥 아이를 먹였으니, 얻어먹는 아이는 늘 배고파서 울어댔다.

처지가 다들 이러했으니 젖 동냥을 위한 산모를 구하기도 어려웠거니와, 구해도 젖 부족으로 늘 갈등이 있을 수밖에 없었다.

이런 문제 앞에서 두 분이 찾아볼 수 있는 길은 물자가 풍부한 한양으로 올라가는 일이었다. 여기에는 슬픈 어미 소와 불쌍한 송아지로 인한 저주가 서려 있는 그 땅을 멀리하려는 의미도 있었다.

한양으로 간다는 것은 두 분에게는 여느 평범한 경우와는 다르다. 그것은 태어나는 자식들의 생명을 살려보려는 길이었다. 이런 마음 앞에 할아버지인들 다른 모든 것을 접지 않을 수 없었다.

한쪽 쌍둥이마저 잃고, 아래로 또 잃고서야 할아버지가 고집을 꺾은 것이다. 이렇게 해서 드디어 소망의 한양 상경이 이루어져서 두 분은 한양에 올라와 터를 잡았다.

가회동의 꿈

B의 부모님은 한양을 경성이라고 말하던 일제치하 1936년에 꿈의 상경을 했다.

한양을 8.15 해방 이후부터는 서울이라고 했다. 그러나 그 전에는 경성이라고 했다. 원래 한양이라고 해오던 말을 일본이 싫어해서다. 경성은 일제치하에서 요구된 명칭이었다. B의 아버지는 이 명칭을 아주 싫어해서 집안에서는 모두들 한양이라고 했나.

두 분이 한양으로 상경한 때는 8.15 해방이 되기 9년 전, 일제치하의 1936년이다.

부모님의 한양 이사는 시골 마을을 떠들썩하게 만들었다. 일찍부터 소문난 두 분이기도 했지만, 그곳 시골에서 한양으로 이사 가는 일은 한번도 없었기 때문이다.

B의 아버지는 그곳 시골바닥을 떠나 한양으로 간 최초의 인물이며, 이로써 유명한 인물이 되었다.

_____좋은 터

시골에서 상경하여 터를 잡은 곳이 가회동이었다. 이곳은 북한산 아래 자리 잡아 앉아 한강을 앞에 두고 있으니, 배산임수(背山臨水)라는 명당 터가 되는 곳이다.

한옥마을 가회동은 한양에서도 가장 좋은 유명한 명문 동네였다. 뒤쪽으로 산을 두고 앞쪽으로 강을 둔다는 명당 터, 풍수지리에 딱 맞는 가회동을 일제강점기에는 가회정이라고 불렀다.

B의 아버지는 이 명문 있는 동네에서 3가지 희망을 꿈꾸었다.

출생하는 자식이 잘 살아남는 일과, 살아남은 자식의 특별한 교육, 그리고 성공적 사업의 꿈이었다.

그러기 위해서는 첫 걸음부터가 중요하다. 그 첫 걸음은 우선 터를 잘 잡는 것이었다.

그러므로 꿈을 성공시키기 위한 선택으로 한양의 명당자리인 북한산 아래여야만 했고, 거기서도 명문 동네인 가회동에 집을 잡았다.

아버지는 중요 목적을 성취하기 위한 필수 선결 사항으로서 이것부터 하신 것이다.

아버지는 서울사람도 하지 못하는 이것을 갓 올라온 촌사람으로서 성취했다. 그런데 중요한 실수를 했다. 이점을 모르고 있었다.

자리 잡은 집이 막다른 골목의 끝 집이라는 것이다. 옛날 집의 골목이 흔히 그랬는데, 막다른 골목 집이고 골목도 아주 좁았다.

옆집에서 불이 나면 빠져나갈 곳도 없다. 집의 터 앞 담장 아래가 절벽이고, 뒤쪽의 담장도 깎아지른 터 위에 담장이 세워져 있어서, 타고 넘어갈 수도 없다.

집터에 대한 이런 풍수는 모르고 있었던 것 같다. 가회동, 그 동네는 명당 터 일지 몰라도, 그 집은 아주 나쁜 터에 세운 것이다.

그러나 집은 아주 잘 지은 깨끗한 한옥 새 집이다. 그리고 가까이 학교도 많고, 좋고, 이웃의 생활도 비교적 수준 높은 환경이다.

시골에서 한양으로 상경하는 경우, 집을 한양의 가장자리, 아주 변두리에라도 잡을 수 있다면 그것만도 천만다행인데, 가회동에 터를 잡았다는 것에 대하여 고향 사람들은 놀라움을 금치 못했다. 한양의 가회동은 그만큼 유명한 곳이었다.

이 일은 그곳 시골에서 일가친척뿐만 아니라, 이웃마을 머슴들에게까지도 놀랄 만한 소문거리로 퍼졌다.

그러나 이것이 별로 좋은 일은 못 되었다. 이때부터 가회동 집은 한양 구경 오는 시골의 온갖 친인척들의 무료 숙소가 될 수밖에 없었기 때문이다. 막을 길이 없었다. 신세 진 외가 댁 식구들에게는 물론이거니와 족보상 성씨나 겨우 같은 먼 친척일지라도 문전박대할 수가 없었다.

그래서 가회동 집의 빈방마다 손님 없는 날이 없었다. 그들은 가회동이 부잣집이라며 늘 빈손으로 왔고, 할 일도 없으면서 시내 구경으로 소일하곤 했다. 차비만 있으면 와서 무료 식사, 무료 숙박하면서 한양 구경을 하는 것이다.

보릿고개 때는 끼니도 때울 수 있었으니, 그들에겐 일거양득이었다. 외가댁의 풍습에서 사랑채의 나그네 대접하는 것을 보아온 어머니는 그들을 그대로 받아들였다.

그들은 숙박비 대신 인사 한마디를 던져주었다.

"복 받으실 겁니다."

"복 놓고 갑니다."

이 집은 가회동에서도 특별한, 가회동 11번지에 터를 잡고 있었다. 당시 가회동은 11번지가 제일 잘사는 곳이었다.

11번지의 가장 높은 언덕바지에 이화여대 총장 김활란 박사의 궁궐 같은 한옥이 있고, 그 아래로 조금 내려와서 남산과 서울 시내가 훤히 보이는 전망 좋은 곳에 아버지의 집이 있었다.

대문 밖이나 사랑채에서 보면 서울 시내와 남산이 저 멀리 다 보였다. 절벽 같은 터의 앞 담장 아래로 집들이 낮게 내려앉아 있었으니, 앞 전망에 아무것도 가려지지 않았다. 아버지는 이점을 무척 좋아했다.

_____ 딸, 아들 출산

이렇게 좋은 곳에 이사를 와서 다행히 출산도 끊이지 않았다. 이사 오자 바로 그 이듬해에 누나를 낳았다. 첫 딸이다. 아들만 낳다가 비로소 딸을 낳은 것이다.

아들만 있던 집안에 기쁜 일이다. 그런데 자라면서 누나를 귀한 딸로 대접하는 것을 본 적은 없다.

누나를 낳고 나서 2년 후에 아들을 출산했다. 또 아들을 낳은 것이다. 이것이 1939년, B의 출생이 된다. 이사 온 집에서 B는 두 번째로 태어난 것이다.

상경하여 이렇게 아이가 태어났다는 것은 물론 중요한 일이다. 하지만 출생은 줄곧 있어온 일이나. 이보다노 이들이 다 살아남았다는 점이 아주 중요한 일이 되었다.

두 아이가 연속해서 살아남은 적이 단 한번도 없었기 때문이다.

연속해서 살아남았다는 기적 같은 일은 아주 중요한 의미를 갖게 되었다. 그래서 이사 온 새 집에 대해서 말하기 좋아하는 친지들이 가만히 있지 못했다.

"찾아오는 사람 대접을 잘해주어서 복 받은 것이다."

"집이 복 있는 집이다. 집터가 좋아서다."

"집의 방향을 잘 잡아서 좋은 것이다."

하며 제각기 풍수 지리적 의미까지 부여했다.

B의 어머니는 이 모든 일들이 무척 기쁘게 느껴졌다. 그래서 어머니는 자식을 살려주신 삼신할머니와 이 집의 가신에게 정성껏 음식을 올렸다.

설과 추석 같은 명절은 물론이거니와 동지 때는 팥죽을, 대보름 때도 온갖 장소에 음식을 놓았다.

부뚜막 신, 지붕 신, 대들보 신, 통시(화장실) 신, 대문 안에 들어오면 중문 신, 부엌과 부엌 뒤 터에도 신이 있었는지 약간의 음식을 놓았고, 장독대에도 음식을 올렸다. 아마 이것은 장독대 신이었을 것이다.

한양 도심에 있는 한옥집인데 무슨 때만 되면 집 안은 온통 여러 신들, 실은 귀신들로 가득 찬 셈이 되었다.

밤이 되면 장독대 위에 정화수를 떠놓고 자식들을 위하여 달님과 북두칠성님께 두 손바닥을 비벼가며 되풀이, 되풀이 절을 올리며 하는 어머니의 기도도 있었다. 이것은 하늘에 있는 신에게 하는 것이리라.

"자식들이 아무 탈 없이 살아가도록 해주십시오." 하고 빌었다.

어머니는 자식의 성공이나 출세는 안중에도 없었고. 오직 자식의 건강과 무사무탈만이 소원의 전부였다.

눈이 오나 비가 오나 추운 겨울밤에도 하루도 빠지지 않고 치성 기도를 드리는 모습을 B는 오랫동안 보아왔다. 어머니에게 그 시간은 아무리 힘들어도 해야 할 매일의 일과였다.

그럼으로써 천지신명과 가신(家神)의 도움을 받아 이 집에서는 자식들이 건강 무탈할 것이며 재물, 사업 등, 모든 것이 잘될 것이라는 꿈이 커져갔다.

그리고 어머니의 꿈 중에서도 상경해서 출생한 첫 번째 아들, B는 특별한 존재가 되었다.

어머니의 애정은 누구보다도 서울에서 태어난 이 아들에게 특별히 더 기울었다.

_____편두(偏頭)

어머니는 이 아이를 품에서 잠시도 떠나 있게 하고 싶지 않아했다. 부엌일을 볼 때도 등에 업고 하고 앉아서 쉴 때는 무릎에 놓고 살았다.

그리고는 무릎에 있을 때나 옆에 뉘어놓았을 때 아이의 머리통을 열심히 주물렀다.

왜 그랬을까? 이것이 아이에게 얼마나 해로운 일인가를 당시의 상식으로는 알지 못했기 때문이다.

이것은 해로운 정도가 아니라, 아이의 생명을 앗아가는 행위가 될 수도 있는 일이었다.

이에 대한 의학 지식이 없었기에 아이가 울면 들어서 흔들어대곤 했는데, 이러면 아이가 울음을 멈추곤 했다. 이때 아이의 뇌가 출렁거려 멍해져서 울음을 그친 것이건만, 아이에게 해롭다는 지식이 없었다.

갓난아이의 뇌는 아직 자리가 굳어져 있지 않고 유동적이어서, 흔들면 그릇의 물이 출렁거리듯 움직이는 것이다.

갓난아이의 뇌는 그렇게 움직이게 하지 말고 안정되게 해야 한다는 점을 몰랐던 것이다. 그리고 아이의 머리통을 누르기 시작하게 된 또 하나의 계기가 있었다.

어머니가 아이를 낳고 보니 B의 태어난 생김이 앞뒤 짱구에 가까웠다고 한다.

다른 형제들과는 달리 좀 유별났다.

당시는 이마가 나오거나 뒷머리가 눈에 드러나게 나오면 좋지 않은 것으로 보았다.

지금은 더 좋아 보이기도 하는 정도인데도, 그걸 앞짱구, 뒤짱구 하며 놀리던 때였다.

어머니는 이 점이 싫었다. 그래도 어쩔 수 없지 하며 지내는데, 어느 날 시주를 얻으러 다니는 스님이 보더니 미소를 지으며 한마디 했다.

시주를 얻었으니 그 값이라며 어머니 품에 안긴 아이를 보며 한마디 한 것이다.

"아이가 잘생겼네요. 그런데 앞뒤 머리를 눌러주세요. 아이가 더 크기 전에 주물러주면 됩니다. 좀 있으면 굳어져서 안 됩니다."

부드러운 미소와 함께 던져주는 스님의 말이 너무나 고마워서 어머니는 각별한 대접을 했다. 그리고선 열심히 실행했다.

장가도 안 가서 아이도 못 가져본 스님의 그 말이 얼마나 잘못된 말이라는 것을 아버지도 몰랐다.

그날 스님이 나쁜 마음으로 그리했을까. 모르기에 한 말이기는 하지만, 그의 말은 나쁜 결과를 가져왔다.

B는 그럭저럭 살아남았다. 그러나 B의 다음 동생들은 머리를 주물럭거릴 때, 우연의 일치인지는 모르나 경기를 일으키며 죽었다.

갓난이의 두개골은 누르면 잘 들어간다. 고무풍선처럼 누르는 대로 쑥쑥 들어가더라고 했다.

이마도 눌러서 비스듬히 만들고 특히 뒷머리를 눌러서 반반하게 만드는데, 손으로 누르다가 자꾸 튀어나오니까 책이나 판자 위에 수건을 놓고 누르고 있었다.

누르고만 있어도 덜할 텐데, 문제는 자꾸 주물럭거리는 데 있었던 것 같다.

뇌를 고무풍선 주무르듯이 하면 아이가 입에 거품을 일으키며 경기를 일으켜 급사할 수 있다.

무지한 시대라서 이걸 아무도 몰랐다. 짱구 면하려다 사람 죽는다는 말은 후에 생겼다.

그래서 죽었는지 젖 부족으로 죽었는지 모를 일이기는 하나, B 밑으로 사망한 아이들은 대부분 갑자기 경기를 일으키며 죽더라고 했다.

B는 살아남기는 했지만 지금도 B의 뒤통수는 절벽처럼 납작하다. 비정상이다. 널판때기 같다.

B의 뒷머리는 너무나 눌러서 다소 움푹 들어간 느낌이다. 그래도 살아남았으니 기적과 같다.

실은 이렇게 머리를 납작하게 만드는 행위는 옛 풍습이기도 했다. 이 풍습은 우리나라에만 있는 것이 아니고, 세계 곳곳에 있어온 것이라고 한다.

우리나라에서는 전체적으로 그러지는 않았으나 경상도 지역 일부에서 있었던 일이라고 한다. 이를 편두(偏頭)라고 한다.

이집트에서도 두개골 모양을 인위적으로 만들었는데, 그들은 길쭉한 두개골 형태를 원한 것 같다. 기이한 두개골 유골 모양 때문에 우주인인가? 하기도 했다고 한다.

그러니 스님만을 나무랄 일도 아니다. 다만 B의 머리통은 편두(偏頭) 풍습에 충실한 어머니의 작품이며, 어머니 사랑의 표증이다.

_____잘 지은 집

아버지의 집은 잘 짓고 잘 꾸민 집이었다. 이웃집들과는 비교도 안 되었다. 이화여대 총장의 대궐처럼 보이는 그 집 빼고는 인근에서 가장 멋진 집이었다.

당시는 오늘날과 같은 집장사 집이 아니고, 주문 생산이었다. 아버지는 특별한 집을 주문한 것이다.

그리고 이 집에서 일생을 다 보낼 작정이었다. 그러나 이 생각이 얼마나 어리석은 생각인지 그때는 알 리 없었다.

훗날 이것이 증명된다. 비참한 현실이 된다. 집안은 풍비박산되고 길거리에 나앉는다. 어머니의 꿈은 깨지고 모두의 희망이 사라진다.

그러나 미래 일을 어찌 알겠는가. 어머니는 꿈을 품고 천지신명께 치성을 드렸다. 그리고 아버지는 이 집에 공사를 더하여 변화시켰다.

마당 아래에 지하실이 만들어지고, 장독대 자리에 반 지하실을 만들어 그 위가 장독대가 됐다. 반 지하실로 들어가면 아래로 층계가 있어 다른 지하실로 내려가게 된다.

그만큼 지하실은 땅속 깊이 있었고 늘 서늘했다. 그 안은 어른이 서서 마음대로 움직일 수 있었다.

그것은 전쟁 때에 방공호를 겸한 것이었다. 공사는 여기서 멈추지 않았다. 장독대 옆에 목욕탕이 세워졌다. 그리고 목욕탕에 붙은 장독대의 반 지하실 안에 아궁이가 있어서 거기서 불을 지폈다.

당시 단독주택 어디에도 목욕탕은 없었다. 이것은 시대를 앞서 가는 혁명적인 공사였고, 이를 아버지는 자랑했다. 목욕탕도 장독대도 타일로 입혀졌다.

일제 대리석 타일이 마당에도 입혀져서 반질거리고 반짝거렸다. 바닥에 흙이 없어서 맨발로 걸어다녀도 되었다.

아버지는 이 집에서 평생 살다가 세상을 떠난 후에 귀신이 되어 돌아와서도 머물 수 있는 집으로 꾸민 것 같다. 이 집은 후손이 대대로 물려받아서 유지해나가라고 했다.

당시는 지금 기독교에서 말하듯 죽으면 즉시 천국으로 간다는 개념이 없던 시대였다. 당시는 지금처럼 기독교가 성행하지도 않았고, 불교신앙보다는 무속신앙이 지배하던 때였다.

즉 귀신 개념이 사후의 혼령을 이루고 있었다. 그래서 죽은 귀신보다는 살아 있는 생명이어야 했기에 아무리 피죽을 먹더라도 이승이 좋은 것이라고 했다. 굶주리고 못 먹더라도 살아 있을 때가 죽어서보다 낫다는 말이다.

그런데도 언젠가는 죽을 수밖에 없다. 그래서 가능하다면 그날에 머물고 싶은 집 장만도 염두에 둔다.

피라미드가 왜 생겼겠는가. 그곳에 머물 영생 개념이 그 속에 있었던 것이다.

집 공사는 거기서 멈추지 않았다. 화장실을 실내 화장실처럼 신발 벗고도 다닐 수 있게 마루로 깔아서 복도와 연결했다.

이래서 시대를 앞서가는 최첨단 한옥이 되었다. 모두가 놀라워했다. 공사를 하는 목수조차도 처음해보는 일이라며 놀라워했다.

별도로 자리 잡아 앉힌 사랑채에도 변화를 주었다. 한 쪽 벽면을 아파트 거실처럼 확 트이게 해서, 방 너머로 아파트 베란다같이 길게 마루를 깔았다. 그 밖과는 베란다 샷시 방식의 미닫이 창문을 길게 해서 밖의 전망 전체가 잘 보였다.

서울에 아파트가 없던 시대였다. 지금은 흔적도 없이 사라진 그 집과 터에 그토록 돈을 부어 넣었으니 놀라울 일이다. 그 돈을 종로 땅이나 강남 땅에 부어 넣었다면 크게 덕 봤을 것이다.

당시의 종로 변두리는 허름했다. 가난한 사람들이 사는 곳이었다. 그리고 강남의 땅은 서울 농사꾼의 터였으니 가회동 땅 값에 비하면 그곳은 똥값이라고 할 것이다. 가회동 집을 팔아서 옮겨 두었으면 부자 됐겠다.

_____교육 이념과 실행

    시골에서 상경하여 집 동네를 잡으면서 배산임수(背山臨水)의 명당자리라는 북한산 아래 가회동에 터를 잡고 집도 그토록 잘 갖추었으니, 드디어 특별한 교육 실천을 해볼 때가 되었다.

    호랑이를 잡으려면 호랑이 굴에 들어가야 하고 적을 알아야 적을 이길 수 있다는 생각을 지니고 일제하 동경제국대학까지 졸업했기에, 자식에 대한 교육 개념이 아버지 나름대로 확고히 정립되어 있었다.

    교육을 잘 시키려면 교육 이념이 제대로 서 있어야 할 것이다.

    자식들을 아버지의 철학대로 이제부터 교육시키면 된다. 시골 땅에서 시골 식 교육으로 해서는 안 된다는 절절한 마음이었는데, 이제 소원을 풀게 된 것이다.

    시골이든 서울이든 교육의 중심은 부모에게 효도하라, 나라에 충성하라 식의 교육임에는 매한가지였다.

    삼강오륜의 미덕을 높이 삼아왔기에 어디서건 거기서 특별히 벗어날 것도 없었다.

    그런데 남다른 무슨 특별한 교육을 생각하기에 그랬을까?

    그 당시에 특별난 주장을 하려면 조선 독립을 열렬히 외치거나 해야 할 텐데, 그것도 아니면서 교육 개혁을 주장하니까 주변에서 이상하게 여겼다.

공짜 밥 먹고 한양 구경이나 하러 상경한 시골 사람들을 대상으로 하여 이건 필요한 이야기도 아니지 않나 싶다. 그런데 매번 그리했다.

친지들이 모여 교육 이야기를 꺼낸다면 이야기의 중심은 역시 삼강오륜이다. 이런 이야기는 B가 다 자라도록 들었다.

삼강오륜, 이 말은 이전부터 내려오던 말이다. 옳은 말이지만 좀 케케묵은, 그리고 자꾸 듣기에 좀 지겨운 이야기이기도 하다.

'그거 다 아는 소리를 가지고 또 그러네, 쯧쯧.'

삼강오륜은 너무나 들어와서 다들 아는 말이다.

그래서 이 말에 대하여 삼강이란 압록강, 두만강, 한강이요, 오륜이란 바퀴가 다섯 달린 마차라는 농담들을 했다.

일제치하에서의 이 나라 교육 역시 삼강오륜에 기반을 둔 전통적인 교육이었다. 거기서 떠나 특별히 갈 곳도 없을 것인데 특별한 교육이라니, 무엇을 어떻게?

이런 의문이 들 수밖에 없다. 아버지는 이점을 친지들에게 말하기 시작했다. 그런데 그것은 한마디로 들으면 웃기는 소리가 된다. 그래서 지탄을 받았다.

삼강오륜이 잘못된 것이라고 비판하는 말을 누가 찬성하겠는가. 삼강오륜 교육이 잘못됐다는 말을 꺼내면, 듣기는커녕 말도 꺼내지 말라며 제지해버린다.

"그럼, 공자, 맹자보다 더 잘났다는 거야?"

"교육 개혁이 아니라 삼강오륜을 팔아먹는 이완용이 되겠구먼, 비판할 것을 비판해야지."

당연히 욕을 들을 만한 일이다. 그래도 굽히지 않고 그 주장을 다음과 같이 설명으로 입증하고자 했다.

군신유의(君臣有義), 이것이 삼강오륜의 중요한 첫째이다.

임금과 신하와의 관계는 의(義)라는 도리(道理)에 있다고 본 것이다. 의리를 말함이다.

의리가 무어냐? 깡패들이 말하는 의리? 끼리끼리 말하는 의리? 아버지는 이것을 부정했다.

'의리는 없다. 현실에는 힘이 있을 뿐이다'라는 개념에서 군신유의 이전에 군신유력(君臣有力)이어야 한다는 주장이었다.

그러므로 삼강오륜이 '군신유력하여 군신유의하며'라고 바뀌어야 한다고 주장했다.

고려 우왕 때 고려 장군 이성계가 명나라와 싸우러 나갔다가, 군대를 위화도에서 회군(1388)하여 고려로 들어와 우왕을 강화도로 보내고 그의 상관인 최영 장군도 죽여버렸다.

이성계의 위화도 회군은 왕의 명을 거역한 반역죄다. 반역은 의리가 아니다. 대역죄다.

도리로 삼아왔던 군신유의는 어디로 갔느냐.

이렇게 의(義)는 힘 앞에서 사라졌다. 의(義)라는 도리는 힘이라는 역(力)이 존재할 때만 그 존재 아래에서 성립된다고 했다.

역사적 사실이 이를 증명한다고 보았다. 일제 치하에 있는 이 나라도 교육 이념에 이 점을 두어야 한다고 했다.

이성계는 우왕을 강화도로 보내고 고려의 마지막 왕 허수아비 공양왕을 임금으로 세운 뒤, 1392년 정몽주를 제거하고, 1392년 국호를 조선이라고 개칭 선포했다. 그리고 수도를 1394년 개경에서 한양으로 천도해버렸다.

공양왕이 한 것이 아니고, 이성계 마음대로 한 것이다. 권력찬탈을 하여 행했다. 힘의 논리인 것이다.

군신유의는 군신유력 하에 싱립된다는 주장이 틀린 것만은 아니다. 이 힘의 교육 이념이 조선 독립에 기여한다고 보셨다.

삼강오륜의 부자유친(父子有親)은 군신유의 다음가는 가르침이다. 이건 아버지와 아들의 도리가 친함에 있다는 것인데, 아버지는 이것도 틀렸다고 했다.

아버지와 아들과의 친함을 논하기 전에 엄(嚴)함에 의한 교육의 필요성을 강조했다.

친함만을 논하는 교육은 미래를 망친다고 보았다. 엄함에 의한 질서와 위엄이 있어야 하며, 이것이 없는 친함의 교육은 자식을 나약하게 만들며, 조선 독립을 바라는 이 시대에 맞지 않다고 했다.

가정에서도 학교에서도 엄함이 사라지면 나라의 미래가 망쳐질 것이라는 것이다.

그러므로 '부자유엄(夫子有嚴)하고 부자유친(夫子有親)하여'라고 바뀌어야 한다는 주장이다.

애비 없는 호로 자식이라는 욕설, 부모 없이 자라서 가정교육이 안 되어 있다느니 하는 흉보는 소리가 다 엄함이 없어서 그렇다고 생각했다.

군대로 치자면 부하를 사랑하되 군기를 바로 세우고서 해야 된다는 것과 같았다.

예부터 내려오는 말에 자모(慈母)엄친(嚴親)이라고 하지 않았느냐. 엄마는 인자하고 아버지는 엄격해야만 가정에 기강(紀綱)이 세워진다.

B는 이런 주장에 수긍하지 않았다. 어른이 되어서도 자식과 이와 정반대의 시간만을 가졌다.

그 결과가 어떻게 되었는가는 후에 나오겠지만, 실패였다.

다음, 부부유별(夫婦有別)은 무엇이냐? 남편과 아내 사이에 누얼 구별하자는 것이냐? 그 구별이 친함보다 우선이냐? 아니라고 하셨다.

당시의 결혼 방식은 중매결혼이다. 도통 모르던 남녀가 중매쟁이를 앞세워 만나서 맞선이라도 보게 되면 다행이다. 그것도 못하고 혼례를 치르는 경우도 있었다.

결혼식을 치르고 첫날밤을 가져야 하는 남녀에게 우선 무엇이 필요하냐? 친함이 필요하다. 친할 사이도 없었지만, 그럴수록 마음이라도 친해야 한다.

벗과도 처음 만나 술 한 잔을 나누는데 십년지기와 같은 느낌이 들었다는 말이 있듯이, 신혼부부는 친한 마음이 들어야 좋다.

남녀가 벌거벗고 한몸이 되는데 이보다 친한 것이 어디에 있단 말이냐. 세상에 누구보다도 친한 것이 부부다. 무엇보다도 친해야 하는 것이 부부인 것이다.

그래서 부부유친(夫婦有親)인 것이다. 우선 친해야 될 일이지, 부부유별(夫婦有別)은 무슨 유별이냐.

여자가 시집을 와서 아이를 낳지 못하면 칠거지악(七去之惡)이라고 구별해서 쫓아 내보내기도 했다. 아들을 못 낳고 딸만 낳아도 여자 탓이었다.

아버지는 이 무지함을 나무랐다. 남자가 부실(不實)해서 그런 것을 왜 여자 탓이냐고 욕했다.

부실부실한 제 자식은 탓 안 하고 며느리 탓이나 한다며 보약이나 먹이라고 했다.

당시는 며느리 타박이 많던 시절이다. 밥을 많이 먹이도 돼지처

럼 밥 많이 먹어서 재물 축이나 낸다고 타박,

몸이 허약하면 집안에 짐덩이 들어왔다고 타박,

동작이 느리면 곰처럼 느려 터져 굼뜨다고 타박,

새벽에 일어나도 남들보다 빨리 안 일어나면 무얼 삶아 먹었기에 그 모양이냐고 타박,

이래저래 눈물의 시집살이를 해야 하는 여자의 신세를 위로하기는커녕 전생에 죄를 많이 지어서 죗값 하는 것이라고 그 시대에는 말했다.

아버지는 이 모든 것에 개혁을 주장했다. 그래서 남녀 일의 구별부터 없앴다.

B는 어릴 때부터 방, 마루에 걸레질하고, 마당 쓸고, 아궁이에 불 지피고, 양말은 스스로 빨아 신었다. 다듬이질도 했는데, 가끔 너무 두드려서 물건을 상하게 했다.

이렇게 아버지는 남녀 일에 구별이 없어야 한다고 하셨다.

곧 시대가 변할 것이니 구별 따위는 집어치우고, 무엇보다도 부부는 친해야 한다고 했다. 구별은 애 낳고 젖 먹이는 것이나 구별하라고 했다.

그래서 삼강오륜을 '부부유친(夫婦有親)하고 부부유별(夫婦有別)' 해야 한다고 했다.

다음, 붕우유신(朋友有信), 이건 웃기지도 않는 소리라고 했다. 친구는 좋은 친구를 사귀어야 되는데, 아무리 그래도 다 뜻대로

되는 것이 아니어서, 친함을 갖되 살펴 경계함도 잃지 말라고 했다.

그러지 않으면 일신을 망칠 수가 있다. 패가망신도 된다. 믿고서 보증 서주었다가 망한 집 많다.

친구 따라 놀다가 술 배우고, 노름 배우고, 마약에 잡히고, 주색잡기에 빠져들기도 한다.

친구는 노는 친구 말고 일 열심히 하는 친구, 공부 열심히 하는 친구를 사귀어라. 그런데 그가 누구이든 간에 사귐에는 경계가 있어야 한다는 이 교훈이었다.

'붕우유계(朋友有戒)하고 붕우유신(朋友有信)하라.'

경계할 계(戒)자를 중요시하셨다. 그런데 B는 이것을 유념치 않고 한 번도 지키지 못하여 문제를 만들곤 했다.

삼강오륜의 마지막, 장유유서(長幼有序)는 한마디로 일축했다.

임금이 나이가 많아서 그 자리에 있냐? 벼슬을 봐라, 돈을 봐라, 어디 가서 나이 내세우지 마라.

나이는 나이 값 하라는 이야기다. 어른은 어른 값, 아이는 아이처럼, 어른이 아이처럼 놀지 말라는 이야기다.

어른이 어른답지 못하면 꼴사납다.

그러니 장유유서라고 자리 서(序)자 붙이지 말고, 장유유행(長幼有行), 즉 어른은 어른답게 행동하고 아이는 아이답게 행동하라는 것이다. 그리할 때 바른 서열이 된다고 했다.

'장유유행(長幼有行)하여 장유유서(長幼有序)'인 것이다. 아버지의
교육 철학은 이렇게 세워져 있었다.

_____ 자식 교육과 사고(事故)

아버지는 나름의 새로운 삼강오륜을 지니고 교육에 들어가셨
다. 꿈꿔오던 자식 농사가 시작된 것이다.

농사라는 것이 씨 뿌렸다고 저절로 되는 것이 아니다. 가만히
내버려두었다간 잡초만 무성하고 농사 다 망친다. 자식 농사도 이
와 같다.

당시는 일제 치하였다. 압박받는 조선의 교육 문제를 심각히 생
각해봐야만 했다.

그 답은 강한 자식으로 기르는 교육이었다. 그 시대 이런 교육
의 필요성은 누구도 부정할 수 없다.

강한 교육, 살기 아니면 죽기 식의 강력한 힘의 교육이 조국을
잃은 환경에 필요한 것이라고 생각했으니, 그것은 바로 스파르타
식 교육이다.

혹한의 아주 추운 겨울에도 얼음물에 손발을 씻고 세면도 해야
만 했다. 당시의 겨울은 엄청 추워서 물 젖은 손으로 방 문고리를

잡으면 손가락이 쩍쩍 달라붙는다.

너무 추워서 방안 머리맡에 요강이라는 것을 놓고 자는데, 요강단지에 소변을 보러 열어보면 요강의 오줌이 얼어 있기도 했다.

이불 속에서 털모자도 뒤집어쓰고 잤다. 잠자는 방안이 영하의 기온인 것이다.

B는 너무 어려서 자다가 요강에 소변을 보기도 하고, 혹독한 교육을 피해 갈 수 있었다. 그러나 형들의 경우는 달랐다.

그 교육이란 게 자식들에게는 오직 괴롭고 고통스러운 일이다. 외가댁에서 지낼 때는 방안 화덕에 고구마를 넣어 구워 먹는 등 따뜻하고 자유로웠는데, 상경한 후로는 모든 것이 달라졌다. 그래서 시골 생활이 그리워졌다.

어머니 입장에서도 시골 땅을 탈출한 것은 좋시만 마음이 편치 못했다.

"어린애들을 저렇게 고생시킬 것이 뭐람?"

그러나 남편에게 반발할 수는 없었다. 아버지의 불같은 성질을 알기 때문이다. 교육 분위기에 역행하는 언어 행동이 아내로부터 나오기라도 하면, 그날은 큰일 나는 날이다. 어머니는 이것을 겪어봤기 때문에 가만히 보고만 지내야 했다.

군대보다도 더한 가혹한 분위기는 공포에 가까웠다. 그러든 저러든 교육 방식은 날이 갈수록 강해질 뿐 달라지지 않았다. 마치 철로를 달리는 열차처럼 방향은 바뀔 줄 몰랐고, 달리는 열차에 속력이 붙듯 더 심해져갔다.

　하지만 그럼에도 불구하고 교육성과는 나타나지 않았다. 자식들은 기만 죽어갔다.

　노루처럼 소심하고 나약한 맏아들은 굶어 배 주린 비둘기처럼 축 처져 있기나 했고, 약삭빠른 둘째아들은 눈치 보는 너구리처럼 되어갔다.

　그런데 쌍둥이는 강했다. 그래서 미래의 재목이라고 칭찬을 받았다.

　그때 너무 어린 B는 아직 때가 안 되었고, 누나는 여자여서 스파르타식 교육에서 제외되었다.

　그런 가정 분위기에선 형제간의 우애는 볼 짬도 없어진다. 부자유엄만 있을 뿐, 부자유친이란 그림자조차 없다.

　가정에는 전혀 화목한 분위기가 보이지 않았고, 모두에게 말 없는 정적만 흐르고 있었다. 그래도 이것을 아버지는 어떤 큰 목적을 이루기 위한 작은 손실 과정쯤으로 보았다.

　작은 손실이란 큰 목적을 달성하기 위한 과정에서 나타나는 일시적 현상이며 목표에 도달하면 다 보상된다고 보았다. 그리고 우선은 다들 잘 순종하기에 별 문제를 느낄 것도 없었다.

반발하거나 비뚤어지게 나가는 자식이 있는 것도 아니니 자식 농사가 잘되어가고 있는 중이라고 보신 것이다.

'이렇게 계속되어 농사가 무르익으면 열매를 맺겠지.'라고 어머니도 아버지 말씀 따라 그렇게 생각하며 지냈다.

그런데 어느 날부터 이상한 일이 발생하기 시작했다. 세월이 가면서 자식도 커가기 마련인데, 커가는 자식 중에서 쌍둥이가 말썽을 부리기 시작한 것이다.

하지 말라는 짓을 다 하고 다녔고, 벌을 받아도 고쳐지지 않았다. 그간 이런 일이 없었는데 혼자 살아남은 쌍둥이, 즉 만성이가 위의 형들과는 달리 변한 것이다.

고집 세고, 성깔 있고, 겁 없고, 님에게 지기 싫어하는 성격이 드러나며 말썽이 시작됐다. 마치 야성의 본성이 드러나듯이….

그동안은 형들과 마찬가지로 아버지의 규율에 순종해왔는데, 아이가 커지자 달라졌다. 아버지는 만성이의 사고치는 일을 자주 겪다가 어느 날, 한 큰 사건으로 그에게 혹독한 조치를 취하게 되었다.

그날 유난히 추운 겨울이었는데, 아이를 마당의 수돗가에 발가벗겨 세워놓고 머리끝에서 발끝까지 수돗물을 퍼부었다.

차가운 얼음물에 전신이 젖은 아이는 벌벌 떨었고, 몸이 젖은 그대로 냉방에 갇혔다.

집의 제일 구석진 곳에 비어 있는 냉방이 하나 있었는데, 젖은 몸이 벌거벗겨진 채로 거기에 갇힌 것이다. 그리고 튼튼한 덧문을 닫아걸고, 그 위에 널빤지까지 대어 못질을 해버렸다.

지금으로 보면 아동학대다. 그러나 당시는 자식 교육과 마누라 패는 일에 대해서 사회는 외면했고 관대했다.

아비가 제 자식 때리는 것과 남편이 제 마누라 패는 것이 남자의 특권이라도 되는 양 경찰도, 누구도 이 일에 개입하지 않았다.

"누가 남의 집 가정사에 개입해? 미친놈."

그랬다가는 미친놈이 되고 마는 것이다.

아이는 방문을 밀고 나올 수도 없었고, 누가 방문을 열어줄 수도 없었다. 젖은 채로 갇힌 아이는 이빨까지 딱딱딱 부딪히며 덜덜덜 떨었고, 울며 울며 용서를 빌었다. 다시는 잘못하지 않겠다고 울며 애원했건만 어쩔 수 없었다.

어머니도 형들도 보고만 있어야 했다. 아무도 아버지 명령을 거스르지 못했다. 이날 아버지의 엄격함은 그 도를 지나쳤다.

새벽녘이 되자 아이의 흐느낌 소리는 점점 더 약해져갔고, "컹, 컹, 컹!" 기침소리만 더해졌다.

너무 심해지는 아이의 기침 소리에 어머니의 마음이 더 이상 못 견디고 뒤집어졌다.

못질되어 있는 널빤지를 손으로 마구 뜯어냈다. 사랑채에서 이 모습을 보던 아버지도 더는 간섭하거나 제지하지 않았다.

"그까짓 감기 좀 들어보았자 땀내고 나면 되는 것을 웬 호들갑이냐?"라고 말하며 슬그머니 피했다.

쌍둥이는 거의 혼수상태로 처져 있었다.

축 처져 있는 아들을 안방으로 업어 나른 어머니는 뜨거운 물을 먹이고 쌀미음 죽도 떠먹여보았다.

그러나 금방 좋아질 리 없었다. 하루가 지나자 오히려 더 심해졌다. 고열과 기침 속에서 물조차 넘기지 못했다. 혼수상태에 빠져 헤어나오지 못했다.

의사를 불러왔다. 급성폐렴이었다. 지금도 급성폐렴은 위험한 병이지만, 당시는 아무런 신통한 처방이 존재하지 않던 때였다. 항생제도 없어서 자기 몸의 저항력으로 살아남아야만 하는 것이다. 열흘 만에 아이는 고열 속에서 세상을 떠나고 말았다.

그 수렁에서 스스로 헤쳐 나오기에는 힘이 부족했던 모양이다.

외롭게 홀로 남은 쌍둥이 만성이가 앞서간 쌍둥이 동생 난성이를 뒤따라간 것인가?

이 세상을 한번 살아보지도 못하고 자식 중에서 제일 똑똑한 아이가 한을 남기고 저 세상으로 갔다.

쌍둥이, 아니 단둥이는 위험한 짓을 자주 했다. 떨어지면 죽을 만한 높은 담벼락 위를 외줄 타는 서커스마냥 걸어 다니기도 했고, 전기가 흐르는 위험한 전봇대를 오르내리기도 했다.

당시의 전봇대는 콘크리트가 아니기에 붙잡고 오를 수 있어서 나무 타듯 올라갈 수 있었다.

집의 지붕 위를 다람쥐처럼 돌아다니기도 했다. 그러다가 지붕이 깨지기도 했는데, 이보다도 미끄러져 떨어질까 봐 걱정이었다.

심지어 지붕에서 마당으로 뛰어내리기도 했다. 이런 일만이라면 주의를 주고, 벌을 세우고, 매를 때리고, 밥도 굶겨보고 하면서 갈 수도 있었으련만, 도저히 방치할 수 없는 일도 했다. 벌을 주어도 근절되지 않았다.

동네 큰 아이가 머리에 피를 흘리면서 그의 부모와 함께 아버지를 찾아온 적도 있었다. 쌍둥이가 돌로 머리통을 쳐서 깨진 것이다. 자신보다 더 큰 아이가 자신을 괴롭힌다고 해서 싸웠는데, 지니까 돌을 들어 쳤다. 그날 엄청 혹독한 벌을 받았다.

사람에게 돌질을 다시는 하지 않겠다는 약속을 받았다. 그런데 그 다음에는 또 다른 일이 벌어졌다.

큰 아이에게 맞고서 분을 못 이겨서인지, 그 집 장독대에 돌을 던져 간장독을 깨버린 것이다. 아버지는 간장 한 독을 변상해주어야만 했다.

그는 맞거나 지고서는 가만있지를 않았다. 그러자 큰 아이들도 쌍둥이는 건들지를 못했다.

그러다가 더 큰 일이 벌어졌다. 자신을 괴롭힌 것도 아닌데, 다른 동무를 괴롭힌다고 나이 더 먹은 중학생에게 대들다가 얻어맞고, 자빠지고, 발에 차이고, 코피가 터졌다. 그러자 뒤돌아가는 그의 뒤통수를 돌로 친 것이다.

설맞고 비틀거리는 것을 한 번 더 내려쳤더니 그가 졸도해버렸다. 병원에 실려갔고, 깨어나지 못하고 죽느냐 마느냐 울부짖고 난리가 났다. 그 아이는 다행히 깨어났다.

만약 죽었다면 살인이 된다. 아버지는 이건 절대로 그냥 둘 수 없다고 생각하셨다.

자식이 살인자가 되어서는 안 된다. 그래서 최악의 선택을 하셨다. 냉방에 가두고 못질을 한 것이다.

다른 일이라면 그렇게까지는 안 했으련만….

아버지는 자식의 살인을 막으려나 살인을 일으겼다. 자식 농사의 큰 비극이었다. 아버지의 자식 농사는 이로써 막을 내리고 말았다. 이것이 겨울방학 때의 일이었다.

쌍둥이는 개학하여 중학생이 될 것이었다. 이로써 자식교육은 열매는커녕 꽃도 피워보지 못하고 시들어버렸다. 이로부터 가회동의 비극이 시작되었다.

곤두박질

단둥이 사망 후, 가회동 집의 꿈은 벼랑 아래로 곤두박질치고 말았다. 꿈은 사라졌고, 가회동 집안은 짙은 어둠에 파묻혀졌다. 그 어둠의 수렁은 쉽사리 벗어날 수 없는 깊이에 있었다.

_____ 사건의 발견

B가 쌍둥이 사진을 본 것은 대학 2학년 때였다. 그전까지는 한 마디 들은 적도 없거니와 쌍둥이가 있었는지도, 그 중 한 명이 죽었는지도 잘 몰랐다. 쌍둥이 이야기는 대화 금지 대상이었기 때문이다. B는 쌍둥이 사건을 우연한 기회에 알게 되었다.

어머니가 B 앞에서 무슨 사진을 급히 감추는 모습을 몇 번 보였다. 어떤 때는 안방에 있을 때 B가 갑자기 들어가면 황급히 눈물을 훔치는 모습도 보였다.

"왜 그러세요?" 하면,

"아무것도 아니다. 눈에 뭐가 들어가서다." 했다. 그래서 '한 번도 아니고 거 참 이상하다'고 여겼다. 그런데 어느 날 어머니가 방바 닥에 사진 한 장을 놓고서 넋 나간 사람처럼 멍하니 있다가 B에게 들키고 말았다.

방바닥의 그 사진을 B는 자신의 어릴 적 사진인가 했다.

어머니는 그렇다면서 그냥 넘겼다.

"응, 내가 이렇게 생겼었구나. 어릴 때는 참 잘생겼었네. 지금보 다 훨씬 잘생겼네요."

"그래 잘생겼지."

"이 사진 절 주세요."

"이건 안 된다."

첫날은 이렇게 넘어갔다. 그런 다음부터는 사진을 늘상 꺼내놓 고 보고 있었다. 감추는 모습이 없어졌다. 따라서 B도 내 사진이 라 생각하고 자주 봤다.

사진의 그 아이는 어린데도 위엄이 우러나오고 범상치 않았다. 크게 될 인물 같았다. 형들 생김과는 판이했고 B 모습일 리도 아 니다 싶었다.

"엄마, 이 사진 내가 아닌 것 같아. 나와는 달라."

"그래, 다르게 보이냐?"

"너무 다른데, 우리 집안에 없는 사람 같아."

어머니는 웃기만 했다. B는 그 사진을 갖고자 했다. 사진을 갖겠다고 고집을 부렸다.

B에게서 억지가 나오면 좀 심해지는 점이 있다. 어머니는 아주 난처해했다.

"내 사진인데 내가 가져야지. 나는 사진 한 장도 없는데 저걸 왜 엄마가 가지고 있어야 해?"

이렇게 끈질기게 고집을 부리자 어쩔 수 없어진 어머니는 네 사진이 아니라고 하셨다.

B는 그럼 누구 사진이냐고 끈질기게 캐물었다.

그러고서야 모든 사실을 알게 됐다. 20년이 넘도록 그토록 매일 슬퍼하고 사시다니, 어머니는 아픈 속마음을 감추고 사셨던 것이다.

쌍둥이는 집안의 미래 인물이었다. 그 사진을 보고서 B는 깜짝 놀랐다. 아들 중에서 그는 다른 형제들과는 생김새도, 우러나오는 기운도 남달랐다.

갸름한 얼굴형에 가녀린 체형인 큰형과도 달랐고,

둘째의 약삭빠른 생김이나 B의 온순한 모습과도 달랐다.

그는 덩실한 태양 같고 듬직한 바위 같았다. 다른 형제들과 비교하여 형제들을 졸병이라고 한다면, 그는 상수와 같다 해야겠고, 형제들을 시골 면의 면서기 감 같다고 한다면, 그는 장관 감으로 보였다.

이순신 장군이라면 이런 기상이 우러나왔을까? B는 어디에서도 아직까지 그런 모습을 본 적이 없다.

'그런데 왜 세상을 그렇게 일찍 떠나고 말았어? 형이 죽으면서 가회동 집안은 몰락의 길로 들어갔어.'

가회동 집안의 참 아까운 인물을 잃어버린 것이다. 부모님의 좌절과 비통이 얼마나 크실까? 아무도 그 깊이를 알 수 없으리라.

쌍둥이가 죽고 나자 가회동의 꿈은 사라졌고, 집안이 고통과 비통의 수렁 속으로 추락해버렸다.

비통과 절망, 고통, 이를 겪는 두 분의 마음, 이것과 비교될 만한 것은 아무것도 없을 것이다.

어느 눈물

깊은 슬픔이 진정한 눈물 속에서 흐른다.
끈끈한 정(情)의 슬픔이 흘러내린다.
거기에 무슨 이유 따위가 필요하랴
설명이 주어질 수 없는
슬프기 때문에 슬프고 다만 눈물이 있을 뿐
깊은 슬픔 속에서도
통곡은 없네, 눈물이 있을 뿐
그것은 소리 없이 망연히 흐르고
알 수 있으랴
오직 눈물만 흐르는 것.

104

아픔

밤을 새워서 하늘에 잠기우고
낮을 다하여 땅에 묻히운다.
그토록 가져온 그날들
한을 뿜어 밤낮을 넘기워도
지진이 땅을 찢듯 찢어지는
가슴팍인들 무엇 하며
용암을 분출하는 불기둥인들
다할소냐.
하나 속에서의 소리 아닌
반 토막의 절규 속에서
한 생(生)은 그늘처럼 지나간다.

_____악 소리, 말소리

부모님이 한양으로 상경했을 때, 시골에서 사람들은 부모님 집을 두고 가회동 집이라고 말했다. 그리고 가회동 집처럼 잘돼보라고 했다. 가회동 집이 동경의 대상이었던 것이다.

그런데 쌍둥이가 죽은 후로는 다들 아버지를 욕했다. 복에 겨워 생사람 죽였다고 비난을 쏟아 부었다.

그렇게 비난을 하면 그것이 어머니에게 위로라도 되어주기라도 하는 양 열심히 비난했다.

B는 이 욕 소리를 들으며 원인도 모른 채 '아버지는 나쁜 사람이다'라고 머리에 각인이 되었다.

그러던 어느 날 그 증거가 드러나듯 사건이 발생하여 이 생각이 더 굳어졌다.

그날 저녁 어둑할 즈음 골목에서 놀고 있는 B를 유모가 급히 불렀다.

"빨리 집에 들어가 봐라 엄마가 죽는다고 난리다."

집으로 다급하게 달음질쳐 갔다. 대문에 들어서기도 전에 "아이고, 아이고!" 하는 소리가 났고, "나 죽는다, 나 죽는다!" 하는 "악!" 소리가 들렸다. 그것은 어머니의 소리였다.

어머니가 마구 소리를 지르며 사랑채 마루에서 버둥거리고, 아버지는 저쪽에서 떨어져 보고 있었다.

어머니 손에는 시퍼런 부엌칼이 들려 있고, 칼등으로 자신의 가슴팍을 마구 때리고 있었다.

B는 울면서 어머니에게 매달렸다. 어머니는 멈추지 않았다.

"아버지, 엄마 말려주세요. 엄마 살려주세요!"라고 B는 소리소리 쳤다.

그래도 아버지는 모른 척 보고만 있었다. 이때 B의 가슴에 아버지에 대한 불신과 일종의 증오가 박혀들어 왔다.

B는 너무나 놀랐고 처음 보는 이 광경, 이것이 평생 가슴에 못 박혔다.

'아버지는 나쁜 사람이다.'

무슨 일 때문이었는지 그날의 이유는 물어보지도 않았다. 알 필요도 느끼지 못했다. 그냥 증오했다.

쌍둥이가 죽은 후 어머니의 죽겠다는 소리는 자주 있어왔다. 그러나 그날은 너무 심했다.

"한강에 가서 빠져 죽을 거다."

"나 못 살겠다. 한강에 빠져 죽겠다. 목매달아 죽는다."

푸념처럼, 한탄처럼 늘 들어온 한마디. 이런 말은 어린 B의 정서를 병들게 했다.

B는 불안증에 걸렸다. 어머니 곁을 떠나지 않으려 했고, 잠을 잘 때도 붙잡고 잤다. 자다가도 깜짝깜짝 놀라 어머니를 다시 더

들어 잡았다.

훗날 학교에 다니면서도 이 증세는 나아지지 않았다.

아이들과 놀러 나가지도 않았다. 집에만 붙어 있으려 했고, 어머니 옆에서 지켜보려고만 했다.

"나가 놀아라, 나가 놀다 와라."라고 B에게 자주 말해야만 했지만, B는 나갔다가도 금방 들어왔다.

부부 싸움은 칼로 물 베기라고 한다. 그렇기에 이혼 안 하고 사는지도 모른다. 그러나 부부 사이에서는 칼로 물 베기일지라도, 그것을 보고 겪는 자녀에게는 결코 칼로 물 베기만이 아니다.

칼로 물을 베든 무를 자르든 자녀 앞에서는 칼질을 하지 말아야 한다.

자녀 앞에서는 서로 사랑하는 모습, 서로 위하는 모습, 기뻐하고 행복한 부부 모습이 필요하다. 이 반대의 모습은 자녀에 대한 죄악이다.

가회동 집안에는 평온한 날이 없었다. 그런 모습은 이웃에게도 존경 받을 것이 못 된다. 집안의 불화는 이웃은 물론 건너편 동네까지 퍼져갔다.

부부 싸움이라는 것이 설혹 남들로부터 이해될 수 있는 일일지는 몰라도 자녀들에게는 불행하고 창피한 일이다.

사랑과 이해와 온유와 평강일 때 가정에서 얻어질 수 있는 소중한 그 무엇이 있다. 쌍둥이가 죽은 후 가회동 집의 자녀들은 소중한 무엇을 상실한 채 살았다.

고통 1

끝없이 시간 위에서 아파한다.
낮이, 밤이, 새벽부터 새벽까지
이렇듯 처참히 흘러간다.
홀로, 혼자만의 처절함 속에서
생각에 빠져들고
마음은 뒤틀어 빠개진다.
허공을 보고, 땅을 보고
그나마 겨우 살아 있는
나머지 세월이
갑자기 폭음을 내면서
파멸하려고 한다.

초점 없이 허공을 맴돌며
마음은 끝없는 벼랑으로
떨어져 내린다.
침몰하는 난파선이 되어
생존조차 간 데 없어질듯하다.
의혹과 절망이 교차하며
한 존재가 날개 부러진 새처럼

곤두박질한다.
속절없는 죽음의 낙하에서
겨우 한 쪽 날개로 죽음을 면해
본다.
사념(思念)은 뼈를 깎고
감정은 칠흑 속에 파묻힌다.

고통 2

밤을 새워서 하늘에 잠기우고
낮을 다하여 땅에 묻히운다.
그토록 가져온 그날들
한을 뿜어 밤낮을 넘기워도
지진이 땅을 찢듯 찢어지는
가슴팍인들 무엇하며
용암을 분출하는 불기둥인들
다할소냐
하나 속에서의 소리 아닌
반 토막의 절규 속에서
한 생(生)은 그늘처럼 지나간다

고통 3

한 생명을 다 불태우듯
생명을 다하여 기울여온
날들, 그날들은 갔다.
새날은 있는가
새날은 무엇인가
다시 태양이 떠오르고
수면 위에 빛날 건가
그 옛날 환희 속에서
태양은 중천에 높았으나
먹구름이 덮치니 천지는
간 곳 없고 만물은 습하구나
때일수록
고요함 속에서 침묵해야건만
소리는 어지럼힘이 되고
움직임은 흙탕물을 튀기는구나
강물은 뿌옇게 흐르고
굽어돌며 절벽을 때리니
가슴팍에 아픔, 아픔이
더할 뿐이다.

풍경소리 아래서

쌍둥이 사망 후 아버지의 삶이 바뀌었다. 삶의 모습이 전혀 달라졌다.

팔도강산을 다니며 세상 견문을 넓히던 팔도강산 유람도 접고, 사냥 취미도 버렸다.

사냥하여 만든 표범 가죽을 사랑채 방 벽에 걸어놓았었는데, 이것도 치워버렸다.

그리고 자식을 대하시던 이전 모습은 찾아볼 수 없었다. 스파르타식 자식교육이 없어졌다.

매질은커녕 꾸짖는 일도, 잔소리도, 무얼 시키는 일조차도 없었고, 그 많던 말씀도 사라졌다.

자식들은 자유로웠다. 밥 먹고 빈둥빈둥 나뒹굴며 종일 누워 자빠져 지내도 나무라는 사람이 없었다.

아버지는 사랑채에 아무 말 없이 기거했고, 거기서 밥상을 따로 받았다. 그리곤 바깥출입이 없어졌다. 집안에만 있으면서 두

문불출했다.

　자식들은 편해졌다. 겨울 얼음물에 손발 담그지 않고 뜨신 물
에 세면도 하게 되었다. 팔팔 끓인 물을 물통(그때는 '바께스'라고 했
다)에 담아서 마당 수돗가에 어머니가 내어놓아주시면, 세면 대야
에 한 바가지씩 퍼담아 찬물을 섞어서 얼굴 씻고 발 씻고 했다.
　손발을 씻을 때, 세숫대야에서 모락모락 솟아나는 뜨신 김을
보시면서 어머니는 그지없이 좋더라고 훗날 내게 말했다.

　그런데 어머니는 그 따뜻한 물을 사용하시지 않았다. 끓인 물을
수돗가에 내어주는 어머니의 모습은 보았어도, 뜨신 물을 사용하
는 모습은 단 한번도 본 적이 없다. 내가 다 자라기까지는 그랬다.
　"왜 그러세요?" 하면
　"나는 춥지 않다. 찬물이 시원하다." 하셨다.
　늘 찬물을 써오기 때문에 습관이 되어 괜찮다고 하시는 그 말
씀을 이상하다고 여기면서 '그런가?' 했다.

　자정 깊도록 집안일을 어머니가 할 때도 있는데, 주방 일이 아닌
빨래조차 찬물에 했다.
　아버지는 이걸 만류했다. 따뜻한 물에 하라고, 빨래는 낮에 하
라고 했다. 한겨울의 밤은 낮보다 엄청 추웠다. 밤에는 빨래 같은
것을 할 때가 아니다. 어머니가 왜 그러시는지 그때는 몰랐다.

온몸이 찬물에 젖은 채로 냉방에서 흐느끼며 울던 아들 생각이 나서 그랬을 것이다. 냉방에서 죽어가던 아들 생각에 따뜻한 방바닥에 그냥 누워 있을 수가 없으셨을 것이다.

어머니의 손등이 찬물 때문에 얼어 터져 갈라지고 피가 나기도 했다. 터진 손등에 돼지기름을 바르는 것을 B는 보았다.

어느 날은 터진 손등에 돼지기름을 바르는 어머니를 보고 아버지가 한마디 하셨다.

"찬물에 손 넣지 말라는데도 고집은 원, 참. 그래 가지고 음식을 어떻게 만들어. 쯧쯧."

"손등, 이게 무슨 대수라고, 더한 것도 있는데."

하며 어머니는 눈물을 훔쳤다. 냉방에서 얼어죽은 아들 생각이 난 것이다.

어느 날 아버지가 종을 하나 사왔다. 놋쇠로 만든 종인데 종 아래에 얇고 납작한 모양의 붕어가 달려 있었다. 그 납작한 붕어도 놋쇠로 만들어졌다. 여기에 바람이 불어오면 바람결에 그 납작한 붕어가 흔들리고, 붕어 위에 달린 추가 함께 흔들리면서 종을 때린다.

이것을 안방 지붕과 부엌 지붕이 기역자로 꺾이는 위치인 지붕 처마 모서리에 달았다. 이렇게 처마 밑에 달린 것을 풍경 종이라고 한다. 종 아래에 금붕어 모양이 달려 있어서 붕어 종이라고도 했다.

이렇게 생긴 종은 절에도 있다. 절에 있는 종은 훨씬 컸다. 그래도 이런 것은 일반 가정집에 없는 것이다. 다른 집에선 이런 종을 본 적이 없다.

아버지는 이 풍경 종을 처마 밑에 매달면서 집안 분위기가 변화되기를 원하신 것 같다.

바람이 불 때마다 땡강땡강 종소리가 울려 나오는데, B는 이 소리를 무척 좋아했다. 방안에 있다가도 풍경소리가 나면 뛰쳐나가, 흔들리는 붕어 종을 올려다보며 좋아라했다. 이 풍경의 청아한 종소리를 B는 즐겨 들었다.

"천천히 나가라, 넘어질라. 붕어가 그리도 좋으냐? 매번 그렇게 보다니."

어머니가 B에게 말씀한 적도 기억난다. 그런데 형들은 처음부터 B와는 달라 보였다.

아버지가 종을 사와 걸어놓을 때도, 그 후 종 아래를 매일 지나다니면서도, 종소리가 땡강땡강 날 때도 얼굴을 들어서 올려다보거나 하지 않았다.

매달려 있는 종이 무슨 혐오스런 물건도 아니련만, 형들은 보면서도, 들으면서도 전혀 감흥이 없어 보였다.

이러니 집안 분위기는 청아한 종소리 아래서도 아무 달라진 것 없이 전과 같았다.

큰아들은 제 방안에만 처박혀 있었고, 둘째 아들은 밥만 먹고

나면 아버지를 피해선지 집 밖으로 뛰쳐나가 놀다가, 해가 저물
어가면 저녁밥이나 먹으러 왔다.

밤이 되었다고 해서 식구가 다 모이는 것도 아니다. 첫째 아들
과 둘째는 자기 방이 있었기에 밥만 먹으면 거기에 꽉 처박혀 나
오지를 않았다. 방안에서 무얼 하는지 모르지만 책 읽는 소리도
없었다.

B는 어머니와 함께 안방에 머물렀는데 "네 아버지는 나쁜 사람
이다."라는 소리를 귀 따갑도록 들어야 했다. 그랬기에 안방 툇마
루에 나와 앉아서 달이나 별이나, 낮이면 흘러가는 구름이나 보
면서 어머니를 지키곤 했다.

이러자니 너무 적막하여 때때로 들려오는 풍경소리가 쓸쓸하
게 느껴졌다.

아버지의 호통이 없어진 가회동 집은 친인척의 방문도 없어졌
다. 견딜 수 없어서 가끔 터져나오곤 하는 어머니의 불협화음만
없다면 산중 절간보다 조용했다.

절에는 스님의 염불소리나 목탁소리라도 있으련만, 가회동 집
은 서로 말도 없고 쥐죽은 듯 적막한 곳이 되었다.

B는 이런 분위기 속에서 살았고, 한밤중의 빨래 소리를 들으며
성장했다. 밤바람이 불 때, 처마 밑 풍경 종소리 아래서 빨래 빠
는 소리는 어머니의 뼈아픈 통곡 소리였다.

절망(絶望)

고통은 파도쳐 오고
슬픔은 바람 불어 온다.
꽉 다문 어금니 사이로 피가 흐르고
입술을 비집고
슬픔이 바람 불어 나간다.

망망한 아픔이여
가이없는 비애여
허공을 가르며 초점 없이
눈빛은 흐려지고
가슴은 바위에 눌린
천근이 되고 만다.

끝 모를 꿈이 끝이 나고
꿈은 허망으로 빠져든다.
하늘로 솟구친 의욕은 부러지고
생존의 동아줄이 끊기려 한다.
다만 한 가닥 빛에 겨우
외줄기 숨통을 열고 있구나.

세월의 물결이
흘러가며

찬란한 빛이 벼락처럼

쌍둥이 사망과 함께 가회동 집안에는 빛이 소멸되었다. 가회동은 흑암의 구렁텅이 속에 빠져버렸다. 거기에 남겨진 불빛이라곤 반딧불 빛만큼도 못 되었다.

집안이 무거운 어둠속에 깔려 숨 죽어가고 있었다. 한양(경성) 땅으로 상경할 때 가진 희망찼던 부푼 꿈은 깡그리 사라졌다.

빛이 소멸된 채 세월의 물결이 흘러가던 중 어느 날 벼락 치듯 빛이 비쳐졌다. 놀라운 이 빛은 그동안의 어둠을 벗겨버릴 만했다.

일본 히로시마 하늘 아래에 떨어져 내린 원자폭탄 빛에 일본이 즉각, 무조건 항복한 것이다.

1945년 8월 15일 조국이 해방되었다. 상경한 지 9년 만이다. 해방도 못 보고 떠난 쌍둥이를 생각하니 어머니는 더욱 마음이 아팠다. 그래도 해방은 가회동 집에 광명의 빛이었다.

원자폭탄 빛이 누구에게는 놀라 나자빠져 무조건 항복하는 빛이 되었고, 누구에게는 '대한독립 만세'의 빛이 되었다. 그리고 그 빛은 가회동 집에 어둠을 헤쳐주는 시작이 되었다.

조국 해방의 빛은 어둠에 짓눌렸던 가회동 집에 새로움을 열리게 하는 시작이 되었고, 숨통을 열어주는 빛이 되었다.

조국이 살아난 것이다. 수많은 독립투사가 희생된 것을 생각하면 쌍둥이 죽음만을 슬퍼할 것이 아니지 않은가.

이날 아버지는 오랜만에 밝게 웃으며 말했다.

"남들은 자식을 독립투쟁에 바치기도 하지 않았던가."

그러나 어머니의 마음은 아버지의 마음과는 달랐다.

"나라에 바친 것과 생죽임 당한 것이 어떻게 같다고…"

어머니에게는 조국 해방의 그 빛조차도 자식의 죽음을 능가할 만한 것은 아니었다.

아버지는 어머니를 타박했다.

"애국심이 없어서 그래, 여자라서 애국심이 무언지 몰라."

어머니는 여자라서 라는 말에 심기가 상했다.

"흥, 애국심은 혼자만 가지고 있나?"

역시 어머니의 마음을 녹일 만한 빛으로는 되지 못했다.

빛이 그토록 강력했어도 어머니 가슴에 있는 마음의 병이 너무나 컸기 때문이다. 조국 해방이라는 이 엄청난 사건 앞에서도 두 분의 마음은 혼연일체가 되지 못했다.

세월의 물결이 흘러가며

하지만 그 빛이 어머니에게 변화의 시작은 되지 않았을까 싶다.

해방의 소식을 듣고 아버지는 꽁꽁 숨겨놓았던 태극기를 꺼내 급히 대문에 내다 걸었다. 그리고 대문을 활짝 열어젖힌 채로 태양을 향하여 절 3배를 했다.

부모님이 먼저 한 후 자식들에게도 시켰다. 또한 '대한독립 만세!' 3창을 시키면서, 큰 소리로 하지 말라고 했다. 이웃하여 있는 친일파와 무장해제가 안 된 순사(순경) 무리를 경계하신 것이다.

이야기의 순서를 거슬러 올라가서 해방 소식을 듣게 된 과정을 살펴봐야겠다. 해방이 되자 일본 경찰은 항복 후 시민들로부터 보복이라도 당할까봐 긴장했고, 시민들은 무장되어 있는 그들이 떠나면서 해칠까봐 나름대로 조심하딘 때였다.

그래서 동네방네 만세소리가 넘쳐날 만도 한데, 첫날은 그렇지 못했다. 그리고 해방되었다는 것을 안 것도 어느 집에서는 8월 15일이 아니고 그 다음 날이었다.

일본 천왕의 무조건 항복 뉴스를 듣지 못해서다. 그때는 라디오가 귀했다. 집집마다 라디오가 있지는 못했다.

그래서 해방된 지도 모르고 그날도 방화 훈련이 있었다. 중앙 중고등학교 정문 앞에서 훈련을 했다. 방화 훈련이라는 것이 겨우 거적때기 두어 장을 펴서 막대기에 걸쳐 세워놓고선, 기적때기

에 불길이 타오르면 불털개로 가마니 거적때기를 두드려대는 것
이다. 불털개라는 것도 나무막대기 끝에 거적때기를 자그마하게
잘라 붙들어맨 가마니 조각이다. 어떤 불털개는 새끼줄을 여러
가닥 붙들어맨 것도 있었다.

이것을 알루미늄 '바께스' 물통에 푹 담았다가 꺼내 불타고 있
는 거적때기에 두드리면, 거적때기 불이 차츰 꺼진다. B는 이것
을 재미있게 보곤 했다. 그러나 어른이 보기에 이런 것은 훈련도
아니었다.

아버지는 이 짓을 쓸데없는 짓거리라고 식구들 앞에서 비웃었
다. 폭격 맞아 불타는 집이 그것 가지고서 꺼질 리도 없었다.

뿐만 아니라 이것은 학교 앞 부근에 사는 소수의 사람만 동원
하여 하는 일이었기에 의미가 없었다. 학교 앞이 가회동, 계동, 원
서동, 이렇게 3개 동의 갈림길이었는데, 이 3개 동 주민이 다 하
는 것도 아니고 갈림길 인근의 소수의 집만 모아서 하는 행사였
다.

이것은 이웃집 X댁이 자처하여 스스로 지서(파출소, 지구대)에
가서 의견을 제시하여 일본 경찰의 승인을 받고 시작한 것이다.

방화 훈련의 규모야 보잘것없어도, 시범적 행사로서의 의미를
내세워서 시작되었다. 이로써 X댁은 대일본제국에 큰 공헌이라도
하는 것마냥, 일본 경찰과 자주 대화할 수도 있었고, 방화 훈련의
대단한 지도자라도 된 것처럼 우쭐대볼 수도 있었다.

그러나 해방된 그날조차 해방된 것도 모르고 그 짓을 하다니,

그 행사를 하다가 그는 물에 빠진 생쥐 꼴이 되어버렸다.

여기서 X댁이란 반장댁일 수도 있고 충청댁, 경상댁이거나 전라댁일 수도 있다. 군이 X댁이라고 하여 감춘 것은 밝히면 알 만한 사람은 다 아는 일인 데다 이 글이 법적 시비가 될까 싶어서이다.

방화 훈련. 실은 방화 훈련이라는 말은 틀린 말이다. 방화 훈련이라면 불을 지르는 훈련이라는 말인가. 불을 끄는 훈련이어야 하니까 소방 훈련이라고 해야 맞는다. 그래서 지금은 소방 훈련이라고 말한다.

아무튼 이렇게 훈련할 때는 X댁이 이 집 저 집 대문을 두드리면서 군대 지휘관이라도 된 듯이 "방화 훈련 나와요!" 소리를 치며 다녔다.

방화 훈련 하는 이때를 기회로 한빈 큰 소리를 쳐보자는 것 같다고 아버지는 시간이 되기도 전에 대문 두드리는 이 짓을 못마땅하게 여겼다.

그래도 그날 별 시비 없이 훈련에 나갔고, B는 졸랑졸랑 따라나가 학교 정문 옆의 쪽문 구석에 쪼그리고 앉아 불 끄는 구경을 했다.

동네 아이들도 없었는데, B는 유독 왜 쫄랑거리며 여기저기 따라다녔는지 모르겠다.

거적때기에 불이 붙여졌고, 물 비께스가 동원되고, 불털개를 바께스 물통에 넣었다가 꺼낸다. 물이 줄줄 흐르는 이 불털개로 이 사람 저 사람 한 번씩 교대로 거적대기에 두드려대본다.

이 우스꽝스러운 짓을 하고 있는데 어떤 젊은이가 달려와서 소리 쳤다.

"그따위 짓 그만 치워버려. 할 필요 없다."

이 말에 주위 사람들 눈이 휘둥그레졌다.

"저 사람 큰일 날 소리하네, 잡혀가려고 그러나. 이 사람아, 어쩌려고 그래?"

더 놀란 사람은 X댁이었다.

"방화 훈련을 방해하다니 미쳤나?"

젊은이는 눈을 치켜뜨고 소리 질렀다.

"해방이다. 일본이 망했다. 항복했다!"

그러면서 가마니 거적때기를 발로 걷어차 쓰러트러버렸다.

반장이 소리쳤다.

"미쳤구나, 지서에 가서 고발할 것이다."

이건 X댁으로서는 묵과하고 넘길 수 없는 일이다. X댁이 달려가려는데, 그럴 필요도 없이 곧 모든 것이 밝혀졌다. 방화 훈련한다는 소리를 듣고 계동의 여운형 씨 댁에서 사람을 보내 알려주었다.

라디오도 제대로 없던 때인지라 일본 천황의 항복 육성 방송을 듣지 못하여, 해방이 되었는데 뒤늦게 안 것이다.

세월의 물결이 흘러가며

여운형 씨라고 하면 젊은이들은 잘 모를 것이다. 실은 B도 어른이 되어서야 알았다.

여운형 씨는 해방 당시 조선의 민족 지도자 중의 한 분이시다. 일본이 항복하자 여운형 씨가 '건국준비위원회'를 발족시켰고, 8월 15일 그날 마침 휘문중고등학교 교정에서 회담을 갖고 있는 중이었다. 그러다가 연락을 해주었다.

휘문중고등학교는 계동 길 끝번지쯤에 있었다. 계동 1번지가 중앙중고등학교이다. 중앙중고등학교 정문에 머리를 두고 양팔을 대자로 벌리고 길바닥에 반듯하게 드러눕는다면, 오른쪽 팔이 가회동이 되고, 왼쪽 팔이 원서동이 되며, 아래로 곧장 쭉 뻗은 다리가 계동이다.

이 학교 정문에서 방화 훈련을 한 이유는 학교 앞이 유일한 공디이고, 계동과 가회동과 원서동의 갈림길이며, 성문 부근의 주민이 훈련에 참가했기 때문이다.

그래서 학교 정문에서 훈련을 했다. X댁이 아부하느라 먼저 이야기를 꺼내서 시작된 이것은 주 1회 하다가 꼴 같지 않다 보니 월 1회로 바뀌었다.

친일파 X댁은 이러면서 일본에 충성하는 모습도 보여주고 동네 주도권도 잡는 셈이어서 그 일을 즐겨 해왔다.

이렇게 방화 훈련 중에 해방 소식을 듣게 되자 다들 급히 가정으로 돌아갔고, 아버지는 깊숙이 숨겨놓은 대극기를 꺼내서 대문

에 걸었다. 우리집에서 내다 건 국기가 천으로 된 유일한 태극기
였다. 그리고 우리집이 제일 먼저 내다 건 집이 되었다.

흰 광목천에 제대로 된 태극기는 아버지의 집에만 걸렸다. 이때
아버지는 자긍심으로 흐뭇했다고 B에게 말했다.

'그걸 그토록 오래 숨겨 갖고 있었다니.'

집의 태극기를 보고 식구들도 놀랐고 동네 이웃도 다 놀랐다.

다른 집들은 종이에 태극기를 그려서 뒤늦게야 대문에 내다 걸
었다.

새 시대 변화의 노력

조국이 해방되자 경성이라는 명칭도 서울이라는 이름으로 바뀌었다. 아버지는 가회동 집안도 이때까지의 컴컴한 그늘에서 벗어나야겠다는 절절한 마음으로 불타올랐다.

이제는 어둠에서 벗어나야 한다. 그러기 위해서는 무언가를 새로이 시작하고 싶다. 그래야 할 무엇이 어디에 있는지, 무엇부터 해야 할 것인지 찾다가, 새로운 신앙부터라고 깨달으셨다.

무속적인 것을 다 버리고 불교적인 것으로 바꾸고 싶어 했다. 아버지는 원래 미신적인 것을 싫어했다. 할아버지를 닮은 것이다. 그러나 어머니의 삶은 외가댁의 온갖 무속적 신들과 늘 함께해왔으니, 이것을 어느 날 갑자기 버리실 리 없다. 그래서 아버지는 이 문제를 해결하기 위하여 가족회의를 했다. 가족회의를 열면 아버지 편을 들어서 자식들이 어머니를 설득해주겠지 하는 마음에서였다.

그런데 그날 형들이 이 쪽 편도 들지 않았다. 누나조차도 "나

는 몰라요"였다. B 의견은 묻지도 않았다. B는 아직 어려서 학생
도 아니었으니까.

그러든 저러든 B는 아버지 편을 들었다. 집안에 귀신이 없어진
다기에 좋았던 것이다. 컴컴한 구석 귀신이나 통시(화장실) 귀신이
없어질 것이고, 강아지도 기를 수 있다.

특히 대청마루 위 대들보 귀신이 없어진다니 좋았다. 머리 위
대들보에 귀신이 턱 앉아서 내려다보기라도 한다면 소름끼치는
일이다.

이런 귀신들을 부처님의 원력으로 다 물리쳐버린다고 하니, 이
런 걸 마다할 이유가 없지 않으냐.

그러나 어머니는 여전히 반대였다. 집안 여기저기 12곳에나 놓
아주던 귀신 음식 행사를 하나도 버릴 수 없었다.

장독대에도 놓고, 지붕 위에도 놓고, 통시(변소, 화장실)에도 놓
고, 대들보 위에도 놓던 것을 전혀 줄이지 않았다.

"섬기던 신(神)을 바꾸면 벌 받는다. 신이 노(怒)하신다. 무슨 화
를 당 하려고 그러느냐. 큰일 난다."

평소에 B의 외할머니는 어렸을 때부터 B에게 겁을 자주 주었다.

"통시(화장실)에 가서 앉으면 통시 귀신의 커다란 손이 쑤욱 올라
와서 아이 엉덩이를 슬슬 만지다가 남자아이의 무엇을 떼어 간다."

"통시 귀신은 시커면 손에 털이 북실북실 많다. 그래서 불을 무
서워한다."

세월의 물결이 흘러가며

이런 말로 놀렸는데, 그럴 수도 있겠지 싶었다. 그래서 이 말을 듣고는 통시에 앉기 전에 종이에 불을 붙여서 변기통에 던져놓고, 불길을 보면서 일을 급히 보기도 했다. 더 어릴 때는 어머니가 따라오셨다.

이러했으니 어머니에게 졸라댈 수밖에 없다. 졸졸 치맛자락을 붙잡고 따라다니며 하루에도 몇 번씩 졸라댔다.

"절에 가고 싶어…. 절에 가아, 귀신 싫은데에…."

"큰일 날 소리 하지 마라. 자꾸 그러면 귀신이 잡아간다. 하지 마라."

"쥐, 정말 싫은데. 쥐가 밥 먹으러 자꾸 오잖아."

나는 쥐를 아주 싫어했다. 세상에서 제일 싫은 것이 쥐였다. 쥐는 끔직했다. 그리고 무서웠다. 특히 통시에 갔을 때 나타나는 쥐가 싫었다. 그런데 귀신 음식을 사방에 놓아두니까 온 동네 쥐는 다 모여드는 것 같았다.

주야를 가리지 않고, 사람이 있거나 말거나 제멋대로 드나들었다. 그야말로 단체로 몰려왔다. 그렇다고 고양이나 개를 기를 수도 없었다.

그것들이 귀신님 음식을 먼저 먹어버리면 안 되니까. 이건 불경스런 짓이다. 이래서 귀신 음식은 밤을 새워가며 쥐들의 잔칫상이 되었다.

참 이상한 일이다. 왜 쥐는 그걸 먹어도 불경스런 일이 안 될까?

나는 훗날에야 알았다. 인도가 불교의 근원지고, 인도에서는 쥐를 끔찍하게 아낀단다. 아마도 어떤 무당은 이점에 의미를 두었던 것 같다.

아무튼 나는 귀신 쫓아버리자고 어머니에게 졸라댔고, 어머니는 이거 큰일이다 싶으셨다. 아이가 날마다 자꾸 이러고 있으니, 이러다가 화를 당하면 어쩌나. 귀신이 노하실 건데. 걱정이었다. 이러다가 화를 당하느니 빨리 부처님 힘에 의지하는 편이 나으려나?

그렇게 하여 어느 날 아버지가 스님을 모셔와 어머니로 하여금 부처님 이야기를 듣게 했다.

스님 말씀 중에서 가장 인상적이고 이해하기 쉬웠던 것은, 손오공이 하늘나라에서 난동을 부리다가, 부처님 손바닥 위에서 도망가느라 하루 종일 달렸는데도 부처님 손바닥 안을 벗어나지 못했다는 이야기였다. 하늘나라의 온갖 신들을 이겼던 손오공이 그러할진대, 집안의 잡귀신 따위야 문제도 아닐 것이다.

그날 스님은 목탁을 두드리면서 집안 구석구석을 둘러보며 온갖 것에 염불을 해주었다. 집안의 모든 잡귀가 사라진 기분이었다. 그 며칠 후 부모님과 B는 부처님께 참배하러 갔다.

이날 아버지는 B에게 이렇게 말했다.

"이제 부처님께 절도 올렸으니까 우린 불교 신자다. 누가 종교가 뭐냐고 물으면 불교라고 해라. 종교를 '무당교'라 할 수도 없는 일이고 그랬는데, 이제 잘됐다."

아버지는 이런 말도 했다.

"이제부터는 중이라고 하지 말고 스님이라고 해야 한다. 머리를 빡빡 깎은 아이를 중대가리라고 놀려도 안 되고, 스님 머리라고 하는 것은 괜찮다."

불교 신자가 된 후로 가회동 집에 문전 방문자가 많아졌다. 가회동 집의 대문은 거지도 두드리고, 장사꾼도 두드리고, 고학생도 두드리고, 스님도 두드리는 북과 같았다. 대문 두드림이 너무 빈번했다. 바로 옆집은 그냥 지나치는데, 우리집은 유별났다.

부근에서 제일 훤하고 크고 번듯한 대문이어서 그러기도 하겠지만, 구걸하는 자에게 적선하는 마음으로 무얼 주기 때문이었을 것이다.

어머니는 대문을 두드리는 사에게 늘 무얼 주어서 보냈다. 특히 스님에게는 각별했다. 스님의 짊어진 바라에 쌀을 부어넣을 뿐만 아니라, 안으로 모셔들이기까지 했다. 과일을 대접하거나 누룽지 숭늉이라도 대접하며 대청마루에 걸터앉아 스님의 대화를 듣기 좋아했다. 그러면 스님이 떠난 후 아버지는 어머니에게 그러지 말라고 할 때가 많았다.

아버지 보시기에는 어머니의 행동에 문제가 있다고 보였다. 당시 스님이 아닌 가짜 중이 많았기 때문이다. 거지 옷 입고서는 밥얻어먹기 어려웠지만, 중 옷을 걸치고 바라를 메고 다니면 쌀이 나오니, 할 만했을 것이다.

아버지는 이런 중을 싫어했다. 스님 의복에 바라를 짊어진 중들 중에는 쌀보다 돈을 더 좋아하는 중도 있곤 했다. 쌀은 무거우니 돈으로 달라나?

아버지는 팔도 유람하시며 절에도 머물곤 했기에 진짜 스님과 가짜 중을 구분할 줄 알았다.

햇살과 새날이 부모님께는

조국 광복을 맞이하고 부처님께 의지하는 불교 신앙생활을 하게 되면서 짙어만 가던 가회동 집안의 어두운 마음 곳곳에 조금씩 햇살이 비춰들었다. 짓눌리는 무거운 하루하루에도 차츰차츰 새날이 밝아왔다.

어둠과 고통 속 어머니의 삶에도 조금씩이나마 변화가 보였고, 처마 밑의 붕어 풍경소리도 평화의 종소리처럼 들려왔다.

그러나 이런 분위기가 그리 오래가지는 못했다. 광복의 기쁨은 짧고, 부처님에 대한 신심도 흔들렸다. 그날의 슬픔은 길 수밖에 없었나보다.

조국 독립도, 그리고 새로이 가진 종교로도 자식 잃은 어머니의 고통과 슬픔을, 가슴팍의 한을 상쇄시켜줄 수는 없었다.

그래도 남은 자식들을 생각하여 내일을 갖추고 희망을 그러나 가야 하는데, 희망의 미소가 활짝 핀 미소는 되지 못했다. 그것은 가라앉은 작은 힘없는 미소였고, 한 장의 그림이었다. 이 미소는 남아 있는 자식에 대한 혼신을 다하는 사랑의 힘이었다.

아버지는 이 미약한 미소를 새로운 모습으로 바꾸고 싶어 했다. 그래서 집을 새로운 집으로 변화시켜 나가고, 여기저기 뜯어고치기 시작했다. 말하자면 한옥을 리모델링하는 거였다. 그 시대에 그런 일은 없는 일이었다. 마당은 지하를 2층으로 파내려갔다. 미니 1층 밑에 또 하나의 지하실을 만들고, 미니 1층 옆에 목욕탕을 만들어서, 미니 1층에서 불을 지피면 목욕탕 물이 뜨거워졌다.

화장실 들어가는 통로에 마루를 깔아 맨발로 다니게 했고, 부엌과 안방 사이 벽에 미닫이문을 내어서, 어머니가 부엌에서 방까지 음식을 들고 왔다갔다 안 해도 되었다.

집안 마당은 대리석으로 깔고, 장독대 벽에는 온통 꽃무늬 채색 타일을 입혔다. 이러기를 1년, 2년, 계속 노력하여 집안의 모습이 해가 갈수록 달라져갔다.

이것은 집안을 새롭게 일으키려는 아버지의 꾸준한 노력이었다. 햇살을 향한 새날의 소망이었다.

아버지는 밖에서의 사업도 다 접고, 그간 공부하신 한의학으로 한약국을 차렸다. 무지하여 자식을 잃은 한을 이것으로 보상하고자 하신 것이다.

이런 노력은 6.25 전쟁이 발생하기 직전까지도 계속되었다.

햇살

창살에 햇살이 걸려온다.
동터오르는구나.
한 가닥 빛을 의지하여
절망에서 소망으로 나아간다.
희끄무레 이 희망이 피어오른다.
가라앉은 힘없는 미소 속에
한 장 그림이 그려진다.
또다시 꿈을 그려라
내일을 꿈꾸어라
인생이 한바탕 꿈인가
꿈속에서 꿈을 그려라.
그것조차 허망한 꿈일지라도
꿈이 있는 동안은 살아가리.

동터오른다. 태양이 떠오른다.
꿈은 태양을 키운다.
높이 떠올라라
중천에 떠올라라

햇살을 강하게 비추어
덥히어라, 녹이리라.
사랑의 나무를 키워주고
애정의 꽃을 피워주려마.
겨울에 잎이 질지라도
뿌리는 죽지 않으리.
햇살이 있으니 다시
꽃 피우리.
사람의 가는 길이 무엇인가
밤과 낮을 돌면서
낮의 햇살을 받는 것이거늘
다시 밤이 온다 할지라도
낮이 있는 한, 살아가리.

새 날을

(I)

어제의 세월이 그토록 무거웠기에
너무나 굳어진 세월 속
봄은 와 있건만,
봄이건만, 병든 땅처럼
빗물은 스며들 줄 모르는가.
태양은 비추어도
그늘은 깊이 스며 있고
바람은 불어와도
나뭇잎 흔들림이 없는가.

꽃을 피우고자 뿌리를 뻗치건만
낮과 밤의 느낌이 없으니
어제와 내일이 오늘일지라도
오늘이 어제 같고 오늘이 내일 같
구나.
가까이 있어도 먼 곳보다 나음이
없다면
오늘은 어디에 있는가

구름 너머 물 건너에도 없으니
어디서 찾을 건가
메아리 울리지 못하는 산속에서
밤을 맞으니
낮이 그리워라.

오늘 아닌, 오늘 속에서
귀를 기울여도 산새소리 노래가
없고
찾아보아도 계곡에 물이 없는가
일구지 못하는 대지에서 새날을
기다린다.

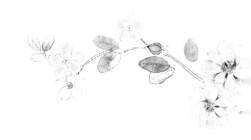

(Ⅱ)
하루가 가고 해 뜨니 산열매 무르익었고
계곡의 온갖 꽃 붉게 물들었구나.
다시 나뭇잎 살랑거리고
빛나는 햇살에 새소리 즐거웁고
들려오는 메아리 계곡 아래 가득하다.
낮과 밤을 함께하니
깊은 속 열매 혀끝에 녹아들고
그 향기 코끝에 스며든다.

버러지 기어가는 소리에 잠을 깨듯
개미 걸음소리 풀잎을 스쳐가고
굴러 떨어지는 나뭇잎 물방울 새로워라.
진정한 오늘이 밝았으니
뭉게구름 가슴속에 가득하고
아지랑이 멀리 수평선에 뻗치어라.
흘러오고 불어감이 가까이 있으니
물먹은 꽃봉오리 햇살에 빛날지라.
영원히 하나와 하나 속에 있으리.

새 나라의 어린이 동무

_____ 나의 동무, 이웃집

"동무야아, 노 올 자아, 나하고 놀자아!"

이웃 집 대문을 두드리며 하는 B의 소리다. 그 이웃집이라는 것이 8.15 해방이 된지도 모르고 방화 훈련을 하다가 물에 빠진 생쥐 꼴이 된 위에서의 X댁 그 집이나.

이 X 집에 B 또래의 꼬맹이가 있는데, 그가 B의 동무였다. B는 매일같이, 하루에도 몇 번 씩이나 그 동무를 불러내곤 했다.

어머니가 죽어버릴까 봐 집안에 붙어 있어야만 했으니까 집밖으로 멀리 벗어날 생각조차 못했기에, 이웃집의 그 꼬맹이가 B의 유일한 동무였다.

그 집 동무, 그때는 친구라는 말이 아이들에게는 없었다. 6.25 때까지는 다들 동무라고 말해왔다. 북한의 동무라는 칭호 때문에 6.25 이후 아이들도 동무 대신 친구라는 말로 바뀐 것이다.

그는 저능아였다. 그런데 B는 그가 좋았다. 저능아 특유의 멍청함은 순한 것으로 느껴졌고, 다투지 않아서 B는 그가 좋았다. 어린 마음에도 그에게 진정을 품었던 것 같다. B는 그만큼 외로웠기 때문이다.

B는 늘 외로웠다. 지금 생각하면 이 외로움은 B의 타고난 성격이거나 환경의 별난 분위기 때문일 수도 있겠지만, 그것보다도 형제간이 다정하지 못했기 때문일 것이다.

B에게는 두 형이 있다. 열한 살 위인 큰형과 일곱 살 위의 둘째 형인데, 형들과 이만한 나이 차이라면 놀아주고 무얼 주기도 했을 만한데, B는 자라면서 큰형과 대화조차도 가져본 적이 없다. 놀아주거나 데리고 어딜 가주거나 따뜻하게 손잡아준 경험이 전무하다.

그러기는커녕 큰형의 눈길은 소 닭 보듯이 느껴졌다.

둘째 형은 이보다 더했다. 아직도 기억나는 일이 있다. 둘째 형이 중학생이 되자 구슬치기 놀이 따위는 필요 없게 되었다. 그런데도 형이 가지고 놀던 구슬을 동생에게 물려주기는커녕 그걸 어디에 감추어두었다.

그걸 B가 한 움큼 꺼내 놀았던 적이 있다. 그 구슬 보따리에 형이 어떤 표시를 해두었기에 꺼낸 일을 들키고 말았다. 형은 길길이 날뛰며 B를 패겠다고 덤볐다. 어머니가 막아서자 분하여 코까지 풀어서 B에게 집어던졌다.

그 구슬 따위는 동생에게 주어야만 마땅한 일이다. 그런데도 중학생이 되기까지 구슬 한 개 준 적 없다.

옛날에는 헌 종이를 접어 딱지라고 만들어서 따먹기하는 딱지 치기 놀이가 아이들의 골목 놀이였다. 형은 B에게 딱지 한 장 준 적도 없다.

한 보따리나 되는 그 많은 딱지는 중학생이 되어 어디다 치웠는지 모르겠다.

이러하니 형제간에 무슨 정분이고 뭐고 흐르고 있을 만한 것이 없었다. 형제 우애라고는 쥐뿔만큼도 느껴보지 못한 것이다.

둘째 형은 B를 개 닭 보듯이 보아왔다. 이건 마치 마당의 개가 닭을 물려고 덤비듯, 그는 B에게 늘 위험한 존재였다. B는 똥개 앞의 한 마리 깃털 빠진 닭과 같았다.

이래서 어린 B는 늘 외로웠다. 쌍둥이를 잃은 후 아무 말이 없는 아버지 하고도 나눔이 없었고, 엄마는 '나 죽어버릴 거야'의 공포의 소리나 들려주었다. 그래서 B는 생각에 젖어 살며 혼자서 망상의 세계나 거닐곤 했다. 이런 환경이었기에 B에게는 동무가 절실히 필요했다. 그때 이웃집 꼬맹이가 B의 유일한 동무가 되어 준 것이다. 그는 이웃집 둘째 아들이었다.

그런데 이 동무와도 얼마 못 갔다. 그와 함께 국민학교(초등학교)에 입학하게 되자 곧 끝나버리고 말았다. 그 동무가 학교를 가보니 아이들이 바보라고 놀리고 쥐어박기도 해서 울며 집에 돌아오곤 하자, 학교를 그만두게 한 것이다.

이때부턴 대문 밖으로 그를 내보내주지도 않았다. 왜 그랬을까? 부모님의 자존심 때문이었을까? 아이에게 상처를 주지 않으려고 그랬을까? 그래도 B 같은 좋은 동무는 있어야 했을 것이다.

집 안에서만 있게 한 그 동무를 이렇든 저렇든 B는 자주 불러냈다. B가 부를 때마다 그 동무가 나가서 놀겠다고 때를 써대서, 마지못해 몇 번은 내보내주었다.

그러다가 그의 부모가 B를 나무라기 시작했고, B는 옆집 대문을 두드리며 "동무야, 나와서 나하고 놀자!"를 할 수 없게 되었다. 이렇게 옆집 동무를 잃고 나서 그 후 다른 동무가 둘 생겼다. 하나를 잃었어도 둘이 생겼으니, 외로운 B로서는 다행이었다.

색깔 수정

옆집 동무를 잃고 B에게 다른 동무 둘이 생긴 것은 초등학교에 입학해서이다. 그 동무 둘은 길 건너 빗겨 맞은편 골목에 사는, B와 같은 학교 아이들이었다.

맞은편 골목은 조금 길었다. 그 골목은 달랑 두 채만 있는 B의 집 골목과는 달랐다. 그 골목은 좀 이상했다. 골목 입구에 들어서자마자 좌측에 높은 축대가 있고, 그 위에 집 한 채가 있었다. 그 집 대문은 여러 개의 층계를 걸어 올라가야만 했다. 축대 위가 1층 높이나 될 만큼 높았다.

그 집을 '층계 위집'이라고 불렀고, B는 '층계 위 내 동무 집'이라고 불렀다. 그 집 아이는 약삭빠르고 똑똑한 아이로 알려져 있었다.

이 집 골목 안으로 더 들어가면서 왼쪽편의 집들은 집마다 층계를 올라가야만 집 한 채씩이 있다. 왼쪽편과는 달리 오른편쪽 집들은 층계 없이 골목 땅 높이와 같은 높이에 집이 있었다.

층계가 있는 왼쪽편 집들보다 오른편 집들이 더 좋았다. 왼쪽편의 집들은 집집마다 축대가 있었는데, 그 높이가 골목 입구에서 안으로 들어갈수록 점점 낮아졌다. 축대와 다음 집 죽대 사이에는 층계가 있어 집과 집 사이를 단절시키고 있었다.

이 길은 막다른 골목길인데, 이 골목 끝집에 또 한 명 B의 동무가 있었다. 이 동무가 사는 집은 허름하고 가난해 보였다. B의 두 번째 동무는 이 골목끝집의 문간방에 세들어 살고 있었다. B는 이들 동무 둘이 너무나 좋았다. 그래서 늘 B가 먼저 찾아가서 대문을 두드리며 "동무야, 나하고 놀자!"를 했다.

이렇게 불러내면 나오기는 하는데, 층계 위집 동무는 골목 끝집 동무와 가까이 놀기를 좋아하지 않았다.

층계 위집 아이는 주로 B하고 놀려 했고 동무를 가려가며 노는 편이었다. B의 옆집 저능아하고는 말 한마디도 하지 않았다.

B의 동무라곤 이들 둘뿐인데, 그 골목 끝집 동무는 좀 이상했다. 덩치는 셋 중 제일 컸으나 둔한 곰 같아 보였고 말도 별로 없었다. 이러니 똑똑하지 못한 아이로 보이기 쉬웠다. 이들 세 동무 중에서 똑똑하다는 말을 한번이라도 들어보는 아이는 층계 위집 아이뿐이었다. B는 얌전하다는 소리나 들었고, 생각이 깊은 아이일 것 같다는 말을 혹 들어보는 것이 전부였다.

층계 위집 부모님은 교육을 제법 받은 사람이라고 알려져 있었다. 그래서 그런지 그 아이는 '동무는 가려 사귀어라'라는 교육을 받고 있었다.

B는 동무를 가려 사귀라는 말을 부모님으로부터 들어본 적도 없었고, 설혹 말씀을 들었다 하더라도 그대로 하지도 못했을 것이다.

한번은 이런 일이 있었다. 방문하는 손님들을 맞이하는 사랑채에 커다란 자연 수정이 있었다. 그것은 10cm쯤 되는 육각형의 솟아오른 투명한 봉과 7cm 이하의 투명한 황색 봉들과 갈색 육각 봉들이 어우러져 작은 산처럼 되어 있었다. 이것은 저절로 형성된 아주 희귀한 '자연 수정'이었다. 선물로 받은 이 희귀한 장식품을 아버지는 아꼈는데, 보는 손님들마다 경탄하고 탐냈다.

이 물건을 어떻게 알았는지 어느 날 골목 끝집 동무가 B에게 와서 "너의 집에 커다란 수정이 있지? 나 좀 보여줘." 하며 졸라댔다.

"네가 그 수정이 있는 줄 어떻게 알았니?"

"소문이 다 난 걸."

"그거 아버지가 아끼는 거야, 안 돼."

"한번만 보자, 제발 한번만 보여줘. 제발."

동무는 자꾸만 졸라댔다. B는 그건 안 된다고 하다가 지쳐서, 그럼 아버지께 물어보겠다고 했다.

"안 된다. 아이들이 만지다가 깨질 수도 있다. 귀한 것이다."

그런데 B는 갑자기 마음이 변해서 동무에게 꼭 보여주고 싶어졌다. 그래서 졸랐다.

B가 아버지에게 무얼 해달라고 조른 기억이 B에겐 없다. 지금 돌이켜보면 동무에게 수정을 보여주겠다고 조른 것이 아버지께 졸라본 최초의 일인 것 같다.

B는 무얼 해달라고 조르는 성격이 아니다. 이런 B가 무얼 달라고 하는 일은 아주 드문 일이었다.

아버지가 왜 그렇게 쉬이 허락하셨을까? 드문 일이기 때문이었을까? B는 지금도 돌이켜 생각해본다. 왜? 아니면? 혹? 죽은 쌍둥이 생각 때문이었을까?

쌍둥이는 무얼 하겠다는 욕망이 많은 아이였다. 그런데 못 해보고 일찍 세상을 떠났다. 그렇게 무얼 많이 조르던 쌍둥이 생각이 났을 수도 있었겠다.

아무튼 아버지는 내키지 않아하면서도 허락했다.

"정 그러고 싶으면 조심해라."

"조심해서 안 깨지게 할게요."

B는 그것을 들고 나가 대문 앞에서 동무에게 보여주었다. 그는 B에게 말했다.

"고마워. 그런데 이걸 땅에다 파묻어보자."

"왜?"

"이걸 땅에 묻어두면 자라서 커진다. 더 커지게 하자."

"에이, 돌이 어떻게 커지냐, 에이, 바보야."

"아니야, 이건 수정이야, 수정은 땅에 파묻고 매일 오줌을 주면 자라는 거야."

"안 그래, 오줌을 준다고 자라지는 않아."

"그래도 한번 해보자. 정말 꼭 해보고 싶다. 너희는 수정도 있고 부자인데…, 한번 해보게 해줘."

B는 동무의 바보 같은 말을 믿지는 않았다. 하지만 부러워하는 그가 불쌍해 보여서 도와주고 싶었다.

"누가 파내가면 어쩌지?"

"너희 집 대문 앞에 파묻어두자. 그러면 되지. 우리 둘만의 비밀로 하자."

"아버지 허락을 받고 올게."

아버지는 기막혀하며 안 된다고 했다. 이럴 때 나오는 B의 이상한 점이 있는 것 같다.

B는 갑자기 또 졸라대기 시작했다. 아버지는 어쩐 일인지 또 허

락했다.

"당해보고 나서야 깨달으려나. 그래보아라."

이렇게 중얼거릴 뿐이셨다. 그때 왜 그랬을까? 밤에 와서 몰래 훔쳐가려고 그러는 짓이라든가, 그 아이가 나쁜 녀석이라든가, 놀지 말라고 하시든가, 이러지 않으셨다.

층계 위집 부모님이라면 그 녀석하고 놀지 말라고 했을 것이다. 세상을 믿지 말고, 모든 것을 의심하라고 일찍부터 가르치셨다면 B가 바보짓을 그토록 오래 하지는 않았을지도 모른다. 남을 함부로 믿지 않는다는 것, 의심해보는 정신이 세상살이에는 필요한 것인데, 아이 때부터 심어주기는 싫으셨던가?

왜? 인성교육 때문에? 붕우유신(朋友有信)이 아닌 붕우유계(朋友有戒)는 버리셨는가? 지금 생각해보면 많은 의문이 있다. 그리고 빅수 짓 한 B 자신의 일이 싫어진다.

그날 그 녀석과 함께 대문 앞 땅에 수정을 파묻고, 그 위에 녀석이 오줌을 누었다.

B보고도 오줌을 누라고 졸라대서 조금 쌌다. 그리고 그날 밤, 우리집의 진돗개가 대문 앞에서 자주 몹시 짖었다. 그때마다 아버지는 B에게 대문에 "누가 왔나 나가봐라."라고 시켰다.

다음날 낮에 녀석이 B에게 와서 함께 땅을 파보더니 수정은 햇빛 비치는 곳에서 자라는 것이니까 다른 곳에 파묻자고 했다.

B는 싫었고 짜증이 났다. 하지만 동무가 너무나 사정하고 조르

자, 동무의 간절한 마음을 생각해서 가회동 집 뒤 큰길의 햇볕 잘 드는 언덕진 곳에 파묻었다.

"이번을 마지막으로 하자."

B가 그에게 말했다.

"그래, 딱 하루만 해볼게."

녀석의 대답이었다.

"하루 동안에 뭐가 자라겠니. 1년이 지나도 자랄 리 없지만…."

이런 B의 말에 녀석은

"아니야, 자랄 수도 있어."

라고 했다. B는 이런 그를 순진하다고 생각했지, 바보라거나 그를 의심하거나 하지 않았다. 그날 그는 말도 많이 하고, 말도 잘 했다.

그 녀석이 이토록 말을 잘하는 녀석도 아니었는데, 이걸 누가 가르쳐주었을까? 그가 이 말 저 말 어떻게 그토록 머리가 잘 돌아갔는지 모르겠다. 다음날 낮에 그곳에서 땅을 파보았다. 수정이 없어졌다.

B는 번쩍 의심이 들었다.

"훔쳐갔구나. 둘만의 비밀이라더니, 네가 훔쳐갔지?"

녀석은 한 마디 변명도, 미안하다는 말도 없이 대뜸 B에게 한 다리를 걸고 밀어 넘어트리고선 B의 배 위에 올라탔다. 그리곤 주먹을 들어 때릴듯이 위협했다.

초등학교 2학년짜리가 이럴 수 있는 일이 아니다. 그는 아버지로부터 싸움 기술을 배운다고 자랑하곤 했는데, 그걸 써먹은 모양이다.

그는 아둔한 녀석이었다. 너무 아둔해서 학교에 부모님 모셔오라는 통보를 B가 그의 부모에게 전하곤 했다. 그 반에서 그 녀석하나만 그랬다.

지금 돌이켜 생각해보면, 그런 아이가 B에게 눈물까지 글썽거리다시피 하면서 그런 연기 수작을 한다는 것은 저 혼자 스스로 만들어낼 수 있는 것이 아니었다. 천부적으로 천재적인 연기력을 가진 것도 아닐 것이고, 아마 그의 부모가 녀석에게 시켰을 것이다. 녀석의 머리로서는 할 수 없는 그 이상의 짓을 그가 했다.

이날 B의 이야기를 다 들은 아버지는 B에게 아무 말도 하지 않았다. 그 아까운 것을 잃고도 사식의 깨달음으로 만족하신 건가? 그런데 B는 그 후로도 똑똑해지지 않았고 별로 달라진 것도 없었다.

여전히 벅수 같은 짓만 했고 멍청하다는 소리나 들었다. B의 행동이 B가 멍청해서가 아니고 착한 마음 때문이라고 생각해줄 사람은 형제 중에도 없었다. 어느 누구도 그걸 멍청하다고 아니할 사람은 없다. 누굴 철석같이 잘 믿었다는 것은 누가 보아도 벅수 짓이었다.

B는 순하고 다정한 편이어서 벅수라는 소리나 듣곤 했지, 똑똑하다는 말은 들어본 적이 없다. 똑똑하다거나 멍청하다는 말은

학교 선생님의 입에서부터 최초로 들어 알았다.

　이런 일이 있었다. 골목 끝집 아이의 부모에게 학교로 오시라는 학교 선생님의 말을 전하는 일을 처음 시작한 것은 층계 위집 아이였다. 이 일은 층계 위집이 골목 끝집과 같은 골목이라는 이유로 주어졌다.

　이 일을 시킬 때 그 동무 옆에 B가 있었다. 같이 집에 걸어가기 위해서다. 그 동무는 심부름을 단 한 번 하고, 두 번째 시킬 때 선생님의 말을 거부했다. 선생님이 시키시는데 저러다니. B는 깜짝 놀랐다.

　"왜 나만 시켜요. 안 할래요."

　"네가 같은 골목이어서 제일 가까이 사니까 너에게 맡기는 거야."

　"그래도 싫어요. 쟤도 가까워요."

　"그러면 오늘은 네가 해볼래? 다음에는 또 바꿔 하고."

　B는 선생님이 B에게 맡겨주시기에 반기며 "예." 했다.

　B는 좋았다. 선생님이 맡겨주시니 흐뭇하기까지 했다. B는 지금도 그날의 일이 생생하게 기억난다. 어릴 적의 모든 일을 다 기억하는 것은 아니다. 그런데 생각이 아니고 마음에 기억된 일은 되풀이하여 떠오른다. 그래서 망각될 만한 공간을 얻지 못한다.

　이래서 평생 잊지 못하는 일도 있는 것이다.

　그날 그 일을 시키는 선생님의 얼굴은 미소는 아닌데 입과 눈이 찌그러지며 이상하게 웃는 표정이었다. 지금 생각해도 그것은 냉소나 조소일지는 몰라도 미소는 아니다. 이날 선생님이 혼잣말처럼 중얼거렸다.

"녀석, 똑똑하긴."

이건 층계 위집 아이에게 한 말이다.

"그런데 이건 순한 거야, 멍청한 거야?"

B를 보며 중얼거린 소리였다. 뒤돌아 가면서 한마디 더 중얼거렸다.

"멍청하긴."

아무리 어려도 느낄 것은 느낀다.

골목 끝집 아이 부모에게 전달하는 일을 그 후에도 B에게만 시켰는데, B는 싫다고 한 적이 없다. 골목 끝집 아이가 수정을 도적질해간 후 그 녀석과는 말도 안 했기에 그 집에 가기 싫어졌을 때도 B는 신생님께 싫다고 말하시 못했나.

층계 위집 동무가 그가 하던 심부름을 B에게 떠넘겼든 말든, 아무런 불평 없이 층계 위집 아이와 B는 단짝이 되었다.

그 동무는 B에게 모든 일을 이야기하는 것 같았다. 선생님의 심부름을 거절한 그날의 일도 부모님이 하라고 한 것이다. 그의 부모는 아들을 야무지고 똑똑한 아이로 키우고 있었다.

B는 부모님께 미주알고주알 다 이야기하는 성격이어서 이런 일들도 다 이야기했다. 그런데 부모님은 묵묵하기만 할 뿐, 한 마디도 B에게 하지 않았다. 왜 그랬을까?

어른은 어린 아이들이 알긴 무얼 알랴, 고 생각한다. 어릴 적 일은 다 잊어버릴 걸로도 생각한다. 그건 무얼 모르는 어른만의 생각이다. 어떤 일은 아이의 마음에서 더 잘 기억되어 있을 수도 있다.

세월의 물결이 아무리 흘러가도 B의 삶의 몇몇 가지 일은 기억에서 전혀 사라지지 않고 있다.

_____동무의 세발자전거

옆집 저능아 동무도 만날 수 없고, 수정을 훔쳐간 후 골목 끝 집 동무와도 끊어지고, 남은 한 명이 층계 위집 동무였다. 그런데 이렇게 하나 둘 없어진 후 B는 집안에나 있게 되었다.

가끔은 층계 위집 동무를 찾아가 그의 세발자전거를 빌려 타기도 했다. 하지만 자전거를 아이 둘이서 들고 층계를 오르내리기 위험하고 그의 부모가 매번 해주는 것도 불편했다. 그래서 그 동무가 집 마당에서나 타게 되자, B하고 놀아줄 대상이 더 없어지고 말았다.

B에게는 혼자 타고 놀 세발자전거가 없었다. B의 옆집 아이도 세발자전거가 있었다. 웬만큼 사는 집에서는 아이에게 흔히 사주는 물건인데, B에게는 없었다.

B의 부모님은 그들 집보다 부유하고 어린 B의 이런저런 사정을 다 알면서도 사주지 않았다. 위험하다고 생각했기 때문이다.

당시 세발자전거는 어른이 타는 큰 자전거보다 흔했다. 어른 자전거는 장사하는 집이 아니고는 흔한 것이 아니었다. 쇳덩어리를 녹여 만든 그 무겁고 불편한 짐 싣는 자전거였지만, 이것은 오늘날의 자동차보다도 흔하지 않은 물건이었다.

그러나 세발자전거는 비교적 흔했다. 흔한 이것이 없는 B는 그들이 부러웠고, 그로 인해 조금은 주눅이 들곤 했다.

그래서 누가 "너 이거 타봐." 라고 먼저 말해주면 아주 기분이 좋았다.

이런 B에게 어느 날 한 반 동무가 세발자전거를 가지고 와서 같이 놀자고 하는 일이 생겼다. 이 일은 전혀 자연스러운 일이 아니었다. 뿐만 아니라 이것 때문에 B는 생명을 잃을 뻔했다. 그날 B는 자동차 밑에 깔렸다가 기적적으로 무사히 살았다.

사고가 난 장소는 가회동 길 대로에서였다. B의 집 뒷길로 올라가 제일 높은 언덕에 있는 김활란(이화여대 총장) 씨 댁의 집 축대 담장 아래를 지나 구불구불 끝까지 내려가면, 가회동에서 재동으로 가는 큰길 입구가 나온다. 여기서 좌회전하여 조금 내려가면 좌측에 제법 넓은 골목길이 나오는데, 이것은 큰길 대로와 직각을 이루는 넓고 가파른 골목길이었다.

그날 이 골목길에서 세발자전거를 타고 달려 내려오다가 택시

밑에 깔려버렸다.

  B는 옆으로 쓰러졌고, 자동차 바퀴가 B의 옆구리에 밀착되었다. 그러나 다행히 무사했다. 10cm만, 아니 단 몇 cm라도 더 밀었다면 으스러지고 말았을 것이다. 그날 사람도 자전거도 멀쩡했다. 이런 일을 두고 하늘이 도왔다고 한다.

  그 골목은 사고 위험 때문에 아이들이 주의를 받곤 해서 B도 이미 알고 있었다. B는 평소에도 부모님으로부터 위험에 대한 많은 교육을 받아서 그렇게 부주의한 짓은 안 한다.

  그래서 이날도 타고 내려오다가 큰길 가까이 와서는 속도를 줄여 좌우를 살폈다. 그 동무는 B에게만 자꾸 타보라고 했다. 그래서 동무가 고맙기까지 했다. 너도 타보자고 해도, 그는 너 타는 것을 보는 것이 더 즐겁다고 했다. 그러더니 이번에는 자기가 하라는 대로 해보자고 했다.

  "더 빨리 내려와봐. 두 발을 들어 올리고 달려 내려와서 큰길 끝까지 가봐."

  "그러다가 차에 치이면 어쩔라고."

  "자동차 오는지 내가 봐줄게. 이번에는 그렇게 해."

  그래서 그가 바라는 대로 두 발을 들어올리고서 속도를 내어 달려내려갔다.

  "발 들어올려. 멈추지 마. 내가 봐줄게. 빨리빨리. 더 빨리. 끝까지 가."

  그 동무는 큰길 옆에 서 있었다. 그가 차가 오는가를 힐끔힐끔

보면서 소리 쳐댔다. 그래서 B는 그를 믿고 안심했다.

"옆에 보지 마. 길 건너 끝까지. 빨리."

이 고함 소리를 들으면서 그대로 대로에 진입했다. '빨리'의 소리를 들으며 차에 깔렸다.

이해할 수 없는 일이다. 그는 차가 오는 것을 봤다. 그리고 노렸다. B를 차에 치이게 하고 싶었다. 이런 경우 계획적인 범죄라고 할 것이다.

일이 벌어진 후 그는 말 한마디 없이 그냥 팽 가버렸다. B의 피 흘리는 꼴만 볼 수 있다면 자신의 자전거가 망가져도 괜찮다는 것일까?

무엇이 그런 마음을 갖게 만들까? 초등학교 3학년짜리가 어찌 그렇게 될 수 있단 말인가? 그는 교실에서 B와는 어울린 적도 없는 아이였다.

그의 집이 있는 동네는 B의 동네와는 다르고 멀었다. 당시 아이들은 서로 골목만 달라도 잘 어울리지 않았다.

그가 멀리까지 찾아와서 B를 불러내다니, 그리고 자전거를 타려면 멀리 갈 것도 없이 B의 집 부근이 더 좋은데, 그러다니.

중앙중학교 아래 계동 길도 비탈져서 타기 좋고, 언덕 집 축대 담벼락에서는 동쪽으로 내려가면 중앙중학교 정문까지 갈 수 있어 좋았다.

그리고 서쪽으로 내려가면 가회동 큰길까지 길게 구불구불 더 재미있게 탈 수 있었다. 그런데 그는 그건 싫다고 했다. 자기가 가

자는 곳에 가서 타자고 했다.

이런 일이 믿어지는가? 꾸며대는 소설이라고 생각한다면 유감이다. 이럴 때 하는 말이 하늘을 두고 맹세한다는 말을 옛사람들은 써왔다. B는 다르게 말하고 싶다.

이 일이, 그리고 도둑맞은 색깔 수정까지도 한 점 사실 아닌 것이 없다. 그리고 사실이 아니면 천벌을 받을지어다, 라고 하고 싶다. 한마디 더 보탠다면, B의 말이 거짓이라고 못 미더워하는 이가 있다면, B의 말이 거짓이 아닐 때 그도 이처럼 되어보겠느냐고 묻고 싶다.

B에게 일어난 일들은 있을 것 같지 않은 거짓 같은 사실이다. 이 일만이 아니고, 이렇게 B의 생명과 관계되는 사건들이 이후에도 많이 일어났다.

_____이웃사촌이라는 말이

다른 일 하나를 써봐야겠다. 가회동 집 대청마루에서 의자를 놓고 올라서서 옆집을 내려다보면 그 집 마당이 훤히 다 보인다. B는 키가 작기 때문에 이 짓을 자주 했다.

옆집 마당에는 한가운데 앵두나무가 있고 앵두나무 옆이 둥그렇게 비어 있어서, 옆집 동무가 세발자전거를 타고 나무 주위를 뱅글뱅글 돌며 노는 모습이 보이곤 했다. B는 이 모습을 구경하곤 했다.

그 집에서는 B가 이러는 것이 싫었을 것이다. 그렇다고 아이가 그러는 걸 뭐라 나무랄 수도 없지 않은가.

어느 날 세발자전거를 타고 마당에서 노는 그 동무를 보고 있는데, 동무의 형이 B에게 밖에 나와서 자선서 타고 함께 놀라고 했다. B는 이거 웬일이야 싶어서 얼른 밖으로 나갔다. 그러자 그의 형이 말했다.

"학교에 들어가서 타자. 지금은 수위도 없다."

중앙중학교 정문에서 학교 앞마당까지는 비탈길이어서 아이들이 자전거를 타고 내려오기도 하던 곳이기에, 거기서 타자는 줄로 알았다. 그런데 그렇지 않았다.

"학교 뒤 운동장으로 가자."

중학교 1학년생인 동무의 형이 동생의 손을 잡고 자전거를 끌고 갔다.

그의 형이 동무의 손을 잡고 가는 그 모습이 부러웠다. B로서는 한 번도 가져보지 못한 모습이어서 참 보기 좋았고, 그의 형은 아주 좋은 사람이라고 생각되었다.

운동장에 가보니 아주 커다란 돌덩이 같은 물건이 있었다. 울퉁불퉁한 땅을 반반하게 다지는, 시멘트 덩어리로 만든 굴러가는 물건이었다. 손잡이가 있어서 밀거나 당길 수도 있었다. 그 덩어리 물건의 밑에 굴러 내려가지 말라고 작은 돌이 받쳐져 있었다.

동무의 형이 B에게 말했다.

"이것으로 밀고 다니며 땅 다지기 하자. 내가 잡아당길게, 그때 네가 돌멩이를 빼."

B는 얼른 그 돌을 빼냈다.

"그렇게 뽑아내지 말고 조금만 빼내어 잡고 있어. 다시 박아. 자, 당긴다. 빼. 잡고 있어."

이때 그가 잡아당기고 있던 것을 놓아버려 굴러 내렸다. 짧은 간격이어서 위험했지만 B는 얼른 돌에서 손을 떼었다. 돌멩이의 좌우 옆을 잡고 있었기에 다치지 않았다. 그가 다시 해보자고 했다.

"이젠 동생을 시켜요."

B가 말했다.

"한번만 더하자. 쟤는 못 해. 너는 잘하잖아. 이번에는 돌멩이를 위아래로 잡고 있어."

"위험한데요"

"아니야. 그래봐. 내가 잡고 있으니까."

"왜 그래야 해요?"

"시키는 대로 해봐. 금방 하고 자전거 타고 놀아."

그가 시멘트 덩어리를 잡아당기고 있었고, 돌멩이의 위아래를 엄지와 검지로 잡고 있으라고 해서 잡고 있었다. 그런데 당기고 있던 것을 갑자기 놓아버려 돌에 검지가 무참히 찍혔다. 검지 첫 마디는 깨어져 피투성이고 손톱은 떨어져 나가고 말았다. 이때 그가 소리쳤다.

"네가 잡고 있다가 그리 된 거야. 손을 빨리 못 피해서 그래."

이때 이런 말이 먼저 나오는 것이 아니다. 그가 시켜서 이렇게 되었는데 그런 말이 나와야 할 거냐.

이웃이라는 인간의 속성이 이렇다면, 층계 위집 동무의 아버지가 동무에게 하는 '세상과 인간에 대한 경계심 교육'이 현실에 맞는 타당한 교육이있다.

순하고 순진하기만 했던 B는 벽수였다.

B는 피 흘리는 손을 쳐들고 집으로 달려가 자초지종을 아버지에게 말했다. 말을 듣다 말고 아버지는 옆집으로 달려가서 항의했다.

그런데 옆집 아버지는 도리어 더 큰소리를 쳐댔다. 놀다가 지가 손을 못 빼서 다쳤는데 뭘 그러냐고 소리쳤다.

B의 손톱은 그 일로 빠져서 지금도 좌우 손톱 모양이 다르다.

그 바보 동무, 실은 B도 바보 벽수지만, 그 동무와는 B가 어른이 되어서도 가까이 지내는 동무가 되리라고 생각했었다. 그런데 이 일로 B의 마음은 상처입고 깨졌다.

그는 왜 그랬을까? 무엇이 그들을 이렇게 만들었는가? 그리하면 그의 바보 동생에게 위로라도 되는 일일까? 그들의 기분 풀이인가?

그런 악한 짓은 악심에서 나온다. 그것은 타고난 천성일 것이다. 아버지는 B에게 아무 말도 안 했다. B의 모습은 죽은 쌍둥이와는 너무나 다르다. 아버지는 마음속으로 무얼 생각하셨을까?

그릇된 짓에 대한 나무람이 없는 부모, 남을 속이는 것도 능력인 것마냥 자식에게 그릇된 것을 가르치는 부모, 남을 지배하고 이기기만 하면 된다는 부모, 이렇게 제 자식에게만 열심인 부모로 인해 망가져가는 모습은 오늘날도 흔히 볼 수 있다.

이것은 오늘날에 생긴 것도 아니며, 보릿고개 시절의 궁핍한 그 시대, 그 생활 속에서도 숨 쉬고 있던 악이다.

범죄를 사회 탓이라고도 말하는데, 문제의 본질은 원래 지니고 태어난 악성에 있다.

동무의 어린 형에게 사회도 누구도 그렇게 가르치지 않았다. 그의 아버지도 틀린 인간이지만 그러라고 하지는 않았을 것이다. 그의 그 짓은 그의 타고난 악성에서 자연 발생한 것이다.

_____동생아, 쑥 캐러 가자

세발자전거 사건 이후 B는 동무가 싫어졌다. 빌려 타는 것도 싫었고, 그렇든 저렇든 그럴 만한 동무도 다 없어졌다. 이렇게 "동무야, 노올자!" 할 대상이 없어 혼자 외로워졌을 때, 어머니의 먼 친척뻘이라는 사람이 아들을 데리고 시골에서 올라왔다.

아들 데리고 서울 구경 온 것이다. 이들의 인성이 별로 좋지 않다고 아버지는 어머니에게 말했다.

어머니는 친척인데 어떠냐고 했다. 하지만 두 분 이야기에 의하면, 그들은 친척도 아니었다. 어머니와 같은 성씨라는 이유만으로 족보에도 없는 그가 빌붙는 것이다.

그는 늘 이렇게 빌붙고 다녔다. 그래도 외할머니 댁에서는 그냥 봐주고, 특히 그의 아들을 똑똑하고 칭찬까지 해주곤 했다.

그 아이는 그의 아버지를 닮아서 체구가 아주 작았는데, 발발거리며 이 집 저 집 잘 싸다녔다. 그리고 어른과 말할 때 말대꾸를 잘 해대서 똑똑하다는 소리를 듣곤 했다.

그러나 B의 아버지는 그 아이가 똑똑한 것이 아니라고 했다. 그가 B보다 두 살 위여서, 그의 아버지가 그를 B의 형뻘이라며 형으로 행세시키고 싶어 했다.

그를 형이라고 말했고, B를 동생아라고 불렀다.

B 앞에서도 그의 아들에게 그렇게 시켰다.

그래서 B는 그를 형이라고 불렀다. 그리고 이것이 좋았다. B는 형들과 그렇게 지내본 적도 없는데, 동생이라고 불러주는 형이 생겼으니 좋아할 일이었다.

그의 아버지는 아들을 놔두고 얼마 후 시골로 내려갔다. 아버지 말씀에 의하면 아들을 계속 서울에 머물게 해줬으면 하는 마음이었던 것 같다.

그는 여름방학 때 올라와서 방학이 끝날 즈음까지 나와 함께 지내면서 잘 먹고 잘 지냈다.

그러다가 어느 날 그가 나를 죽일 뻔했다. 그것도 고의로 그랬다. 신세를 지면서도 은혜를 원수로 갚듯, 그 어린 것의 악심이 어디에서 나왔는가? 그 사건은 다음과 같다.

"동생아, 뒷산에 나하고 쑥 캐러 가자."

"싫은데. 지금 무슨 쑥이 있어?"

"아니야, 그래도 있어. 가자."

"나는 가고 싶지 않은데. 형, 가지 말자."

"형이 하고 싶다. 좀 해다고. 한 번만 가자."

남의 간청을 그냥 넘기지 못하는 B는 뒷산에 가기로 했다.

"큰 못을 갖고 가자. 그것으로 캐자."

집에 10cm나 되는 커다란 대못이 여러 개 있었다. B는 그걸 2개 집어 들었다.

그가 말했다.

"하나만 가져가자."

B는 그에게 한 개를 넘겨주었다. 그는 받지 않고 "네가 들고 가

자."고 했다.

B는 "왜 형이 쑥 캐고 싶다며 나보고 하라고 해?" 했다.

"그냥 내 말 좀 들어줘. 하자는 대로 한번 해보자."

대문을 나서서 산으로 가고 있었다.

"그걸 거꾸로 들어."

"넘어지면 위험한데, 끝이 날카롭잖아. 왜 꼭 이렇게 해야 돼?"

"안 위험해. 그렇게 해봐. 그리고 가다가 내가 '뛰어' 하면 바로 뛰는 거다. '뛰어' 하면 바로 뛰자. 약속."

우리는 둘이서 이야기하며 잘 걸어갔다. B는 그의 이상한 요구 대로 큰 대못을 거꾸로 들어 날카로운 끝이 B의 얼굴로 향하게 한 채 바삐 걸어가고 있었다.

이야기하며 공원에 들어서자 그가 갑자기 "뛰자. 뛰어" 하고 소리쳤다.

B는 급히 움직였다. 그리고 뛰자마자 꼬꾸라졌다. 넘어지면서 땅을 두 손으로 짚으니 큰 못이 B의 눈 바로 옆을 쑤셨다. 지금도 그 상처가 있다.

넘어져 피를 흘리는 그때, 그는 "네가 넘어져서 그런 거야. 네가 넘어졌어."라고만 소리쳤다.

피를 흘리며 집에 돌아와서도 "쟤가 돌에 걸려서 쓰러졌어요."라는 말만 되풀이했다.

B의 발밑에는 걸림돌이 없었다. 사실은 그가 그의 발로 내 발을 살짝 걸었기에 넘어진 것이다. 큰 못이 눈알은 비켜갔기에 그

나마 다행이었다. 눈알을 쑤셨다면 그 당시의 열악한 의술로는 실명은 물론 살아남지도 못했을 것이다.

이런 일이 왜 B에게만 유독 생기는지 늘 의문이었다.

'귀신이 장난하나?'

'나를 죽이려는 영적인 존재가 있나?'

B는 그 후 성인이 되기까지도 죽음의 사선(死線)을 여러 번 넘는다.

도와주시는 어떤 힘이 없었다면 오늘이 있지 못했을 것이다. 이 글을 쓰면서도 읽는 사람이 믿어줄까 싶은 마음이다. 그래서 모조리 기록하지는 않을 것이다. 아마도 믿지 않을 가능성이 많겠기 때문이다.

'소설 쓰나. 쇼하네.'

이런 소리 듣고 싶지 않다.

남의 진실한 이야기를 두고 아무리 이상한 이야기지만, 그렇게 말하는 것이 아니다.

이후 비상식적, 비정상적 이야기가 더러 나오더라도 말이다.

그래도 몇 가지는 쓸 수밖에 없다. 사실이니까. 하늘에 양심을 걸고 할 수밖에 없다.

이후 모든 것의 사실을 두고 '백사(白蛇)의 미소'라고 책 이름을 지었다.

아이들

아이들
마음의 꽃에 향기 시들어져 가도
아직은 꽃나비, 별들도 날고 있고
아이들
마음의 나무에 꿈이 시들어져 가도
아직은 바람이 불어오고 태양도 밝게 비치고 있다.

벌레 먹어가는 마음
그 버러지 어디서 생기나

너희들은 꽃이거늘 향기로울 건가
너희들은 나무이거늘 열매 맺으려나
너희들은 산이거늘 마음이 산 같아라.

아이들
마음의 꽃에서 향기 자라면
세상의 악취를 제거하고 어두움 걷히우리.

아이들
나무에 열매 가득하면
미래가 풍요롭고 화평하리라.
꽃 피어나는 마음
그 열매 무성히 열리거라.

나의 벗 삼청공원

B는 이웃 꼬마동무들의 배신 때문에 동무들과의 교류가 끊어져버렸다. 그래서 B의 놀이 장소도 동네 골목이 아닌 가회동 뒷산이 되었다.

B의 집에서 멀지 않은 뒷산의 삼청공원은 아이들보다는 주로 어른들의 산책 장소였다. B 또래는 놀러 오지도 않았고, 아이들이 놀기에는 적절치 못한 곳이었다.

그때의 그곳은 지금의 삼청공원과는 모습이 전혀 다른 곳이었다.

산에 나무가 별로 많지 않았다. 아궁이 불 때려 가랑잎조차 다 쓸어가는 생활이었으니 울창한 숲이 남아 있을 수 없었다.

또한 지금처럼 집들이 있다거나 잘 다듬어진 산책길도 없었다. 출입금지나 어떤 경계 울타리도 없었기에 걸어 올라갈 힘만 있다면 쑤시고 다니다가 청와대 뒷산까지도 갈 수 있었다.

B는 혼자서 산 깊이 들어가곤 했다. 겁도 없이 싸다니다가 여우도 만났고, 고슴도치를 돌로 때려잡아 아버지에게 가져갔다가

책망받은 적도 있었다.

그때의 삼청공원은 산책 나온 사람들과 "야호!" 하고 소리쳐 목청을 가다듬는 이들, 국악 창을 연습하는 이들의 장소이기도 했다.

거기에는 오갈 데 없는 떠돌이 문둥이가 덤불 속에 숨어 살기도 했다. 어떤 곳에서는 개 구워먹으러 온 남자들이 훔쳐 잡아온 남의 집 개의 목을 나무에 매달아놓고 몽둥이로 패면서 "살 부드러워져라." 하는 못 볼 모습도 있는 곳이었다.

산에 나무가 울창하지 않고 듬성듬성 있어서, 도둑질해 온 똥개를 칼질하고 약수 물을 떠와서 씻고 불을 피우고, 이런 짓을 하기에는 오히려 좋았을 것이다. 아무도 이 짓을 나무라지 않았다.

몇몇 곳에 약수터가 있었는데 바위에서 흘러나오는 자연 그대로의 작은 약수였다. 지나며 한 보금 물을 마실 뿐, 누구도 약수 물을 받아가지는 않았다.

산을 오르다 보면 첫 번 산 정상에 고사포 진지가 있었다. 산 정상에 있는 고사포 진지 자리가 공원의 대표적인 곳이었다. 공원을 걸어 올라가는 산책의 제1목적지가 이곳이었으니까.

해방 전에야 와볼 수도 없는 일본군 고사포 진지였지만, 패전하여 일본군이 고사포를 거두어 물러간 후로는 거기서 서울 시내를 내려다보며 쉬거나 운동을 했다. 고사포 진지의 터가 넓고 평평했다. B는 그 터 가장자리의 바위에 앉아서 가회동 B의 집 부근과 서울 시내를 내려다보기를 즐기면서, 혼자만의 생각에 잠겨 시간을 보냈다. B의 집이 보이지는 않았다.

같이 갈 동무도 없이 B는 이곳을 매일 가다시피 했다. 이러고 있는 B를 어른들은 좀 이상하게 보았다.

"쟤 또 왔네. 아이가 혼자 오다니. 여기 위험한데."

고사포 진지 있는 곳이 위험하다는 뜻이 아니다. 여기까지 올라오는 과정에 위험이 있다는 뜻이다. 공원 입구에서 포진지까지에는 넓은 길이 닦여 있었다.

포장된 도로는 아니지만 일본군 포차 두 대가 비켜서 지나갈 만큼 넓은 길이었다. 그 길 중간쯤 길 양옆 넝쿨숲과 소나무로 제법 우거진 곳 넝쿨숲속에 문둥이가 숨어 살았다.

문둥이 병에는 어린아이의 생간(生肝)이 유일한 약이라고 알려져 있던 당시여서, 아이들에게 그 길은 혼자 다니기에 위험한 곳이었다.

문둥이 사건이 더러 일어나기도 하던 시대였으니 아이를 잃어버리면 문둥이가 잡아먹었을까 봐 걱정했다. 지금처럼 찾을 방법이나 신고를 받거나 하소연할 곳이 있는 것도 아니었기에, 아이의 간을 빼먹고 시체를 어디에 묻어버리기라도 했다면 찾을 길이 없다.

쉬 발견되기도 어려운 장소에 묻었을 터인데, 가족이 인근 산을 뒤지며 파본들 어디에서 자식을 찾겠는가. 모든 것을 운명이라고 돌리며 체념하던 시대였다.

B는 이 시대에 구사일생, 간발의 차이로 문둥이로부터 살아난 적이 있다. 유난히 화창했던 그날, B는 그 길을 혼자 걸어 올라가고 있었다. 막 점심 먹은 후여서 길에 아무도 보이지 않았다. 무슨 생각이 많았던지 깊은 생각에 빠져 걷는데, 갑자기 냉기가 돌며 등짝에 써늘한 느낌이 들었다.

급히 뒤돌아보니 두 손으로 새끼줄 양 끝을 잡고 손을 들어올려 B의 뒤에서 문둥이가 다가오고 있었다. 뒤에서 목을 졸라 숲속에 끌고 가려던 것이다.

B는 놀라서 다급히 뛰었다. 문둥이가 멈칫 서기는 했지만, 어른이니까 달려오면 B보다 빠를 건데 어쩌나 싶었다. 재빨리 흙을 한 움큼 쥐어들었다. 잡힐 듯싶으면 ㄱ 얼굴에 모래흙을 뿌릴 참인 거다.

문둥이는 모래흙을 싫어한다는 이야기를 들어서였다. 그는 흠칫 놀라더니 다행히도 쫓아오지 않았다. B는 그후로는 그곳을 지날 때마다 양손에 모래흙을 쥐고 가거나, 한 손에 나무 작대기를 들고 앞뒤 옆을 두리번거리며 오르내렸다. 그래보았자 아이가 무슨 힘으로 되겠느냐마는, 제 딴에는 그러면 뭔가 될 것 같았다.

그후로는 가능한 한 어른 틈에서 걸어가기는 했지만, 행인이 없을 때가 많았다. 어린 생각에 참으로 어리석고 위험한 행동이었다. 이 또한 벅수 짓이 아닐 수 없다.

B의 인생을 스님의 말에서나 점쟁이나 무당이나 사주팔자에 의하여 본다면, B에게 위험 수가 너무 많이 깔려 있다고 했다.

그래서 부모님께 B는 늘 걱정거리 존재였다. 나중에 어른이 되어서 먹고 살기 어려운 팔자 걱정도 있지만, 우선은 당장 어떤 액을 당할까 봐 더 걱정이셨다.

그래서 세발자전거도 사주지 않았다. "산에 가지 마라." "바위에 올라가지 마라." "나무에 오르지 마라." "물가를 조심해라." "싸우지 마라…." 이런 말씀이 어머니가 매일 하는 말씀이었다.

이러니 아이가 혼자서 산을 오르내려서는 안 될 일이다. 그러나 B는 외롭고 쓸쓸하고 우울하면 유일한 장소인 그곳에 갔다. 아마도 천성적으로 너무 사색적이기 때문이었을 것이다.

뒷산에 가는 일은 부모님이 나무라면 속여서라도 했다. 그곳 중앙중학교 뒷산에서 동쪽으로는 비원 담벼락과 성균관 대학교 뒷산까지, 서쪽으로는 경복궁 위의 산골짜기까지, 북쪽으로는 청와대 뒷산까지를 쏘대며 다녔다. 이 모든 곳이 B의 공원인 셈이었다. 개 한 마리를 구해주서서 이걸 믿고 다녔다.

예전의 삼청공원과 뒷산은 지금과는 달리 시원하게 텅 비어 있는 느낌이었고, 그 텅 빈 시원함이 있어서 사람들이 즐겼다.

그런데 이곳은 젊은 연인들의 장소는 아니었다. 연인들에게는 남산공원 길이나 덕수궁 돌담장 길이 더 좋았나 보다. 그러나 삼청공원과 그 뒷산은 동무가 사라진 B에게는 연인과 같았다.

이곳은 외롭게 싸다니는 B에게 많은 사유(思惟)의 시간을 제공해주었고, 홀로의 시간이 주는 맛이 무엇인가를 가르쳐주었다. 외롭지만 홀로의 시간 속에서 창출(創出)되어 나오는 B만의 그것을 말이다.

해방과 변화

_____ 소작료 상실

해방 후 아버지는 농작물을 서울로 운송하여 판매도 하셨다. 일종의 운송 사업이었다.

처음에는 기차 화물로 싣고 와서 판매했는데 손실이 너무 컸다. 화물열차 밖에서, 그리고 열차 안에서도 너무 빼먹어서 물량 손실이 컸다. 쌀가마, 보리 가마, 콩 가마, 모조리 대롱으로 쑤셔 뽑아 훔쳐갔는데, 탱탱했던 가마니가 헐렁해져 제대로 판매할 수조차 없을 정도였다.

이래서 화물 트럭을 구입하여 물류 이송 사업을 트럭으로 하게 됐다.

이러고 있는데 토지개혁이 발생했다. 토지개혁으로 농지를 빼앗기면 소작할 땅이 없으니 소작인도 소작료도 없어진다. 이로써 아버지의 농작물 물류 사업도 끝났다. 가회동 집은 토지개혁의 영향을 크게 받았다. 대지주가 땅을 다 빼앗겼으니 힘을 잃은 것이다.

　해방 이후 농부의 삶에 큰 변화를 가져온 것이 토지개혁이다.

　토지개혁은 많은 논과 밭 가진 사람의 땅을 강제로 빼앗아 땅이 없는 농군들에게 나눠주는 제도이다.

　자본주의 사회, 민주주의 사회에서 이건 천만부당한 일이다. 누가 남의 사유재산을 마음대로 빼앗아 간단 말이냐. 넓은 땅을 가지고 있다고 빼앗아간다면, 이건 민주주의가 아니다. 지금처럼 도시계획법이 있는 것도 아니었다.

　이승만 정부가 토지개혁이라며 이렇게 했다. 그런데 누구도 아무 소리 못 했다. 일본 제국주의 하에서 강제성을 당해봤고, 그전에는 왕권주의 세상이었지 않은가. 왕이 마음대로 하는 세상에 살다가 일제 세국주의 강세성 아래서 살았으니 자유가 무엇인지, 민주가 무엇인지, 그 맛을 제대로 몰랐기에 그랬을 것 같다.

　그러나 토지개혁은 필요한 변화였다. 아버지도 이 개혁을 인정하셨다.

　당시 이 나라 인구의 73%가 농민이었다. 농사를 지어 먹고사는 1차 산업시대인 것이다. 흉년이 들면 굶어 죽고, 보릿고개 계절에는 당연히 굶주리고 하는 불쌍한 시대였다.

　인구의 73%가 농사꾼이었다. 73프로가 농사꾼이면 나머지는 소수의 공무원, 교원, 예술인, 장사꾼을 빼면 지게꾼이고 리어카

꾼이고 막일하는 사람이고, 그리고 무엇보다도 거지가 많았다.

외국인이 보면 이 나라는 거지와 문둥이 나라일 것이다.

거리와 골목 도처에 거지가 널렸었다. 다리 밑은 예외 없이 거지 소굴이고, 때로는 지게꾼도 거기에 거적때기 움막을 짓고 살았다.

다리 밑에서 깡통을 들고 나오면 거지인 것이고, 지게를 지고 나오면 지게꾼인 것이다.

지게꾼도 먹고 살기 힘들었다. 밥 얻어먹으러 이집 저집 두드리기도 했다. 어떤 지게꾼은 거지 깡통 없이 구걸하다가 욕도 들었다. 남 보기에는 그도 거지로 보였기 때문이다.

"아니, 거지가 깡통이라도 들고 다녀야 밥 한술이라도 넣어주지, 빈손이면 밥상 차려달라는 거야, 어쩌라는 거야?"

하면서 대문을 쾅 닫고 그냥 들어가 버린다.

그러나 누구는 밥 대신에 돈 한 푼을 주기도 했다. 그래서 밥 거지가 있고 돈 거지가 있었다. 돈 거지는 막벌이 노동자였다.

_____토지개혁

도시에 넘쳐흐르는 거지와는 달리, 시골에는 서광이 비쳤다. 그 빛은 토지개혁이었다.

이 나라 인구의 73%가 농민이고, 농민이라고는 하나 자기 땅도 없는 소작인이거나 농노에 가까운 아주 가난한 농민이 대부분이었다. 이들을 자립할 수 있도록 만들어주는 휘황찬란한 빛이 토지개혁이었다.

대지주도 소작인도 머슴도 이젠 동등한 농사꾼이 되는 것이다. 실제로 농사짓는 일꾼들에게 똑같이 땅을 나누어주고, 대지주도 같은 만큼의 땅만 갖게 한다는 이 개혁은 양반제도가 없어지는 것만큼이나 큰 충격으로 다가왔다.

이 개혁은 대지주로서는 농지를 강제로 헐값에 빼앗기는 청천벽력 같은 일이지만, 소작농민들로서는 농지를 자기 소유로 갖게 되는 일이다. 이것은 가난으로부터의 해방과 미래의 꿈을 심어주는, 귀를 의심할 만한 농촌의 엄청난 선물이었다.

B의 할아버지나 외할아버지 댁 같은 대지주에게는 마른하늘에 벼락 치는 일이다. 그러나 가난한 농민들에게는 미래를 바라볼 수 있게 하는 서광이 되어주었다.

이 정책은 지주제의 폐단을 영원히 사라지게 하는 혁명적 조치로 보였다. 그러나 나중에 그 결과로는 그렇지 못한 것이 된다.

　토지개혁은 농민에게 농지를 주고, 그 농지에서 수확되는 수확량의 1년 반 분을 3년 동안 국가에 나누어 내면 자기 땅이 되는 것이다.

　즉 매년 수확량의 절반으로 먹고 살며 나머지 절반은 국가에 내는 것인데, 이것을 3년 동안만 하면 된다.

　토지개혁은 1948년 대한민국 정부가 수립되어 2년 만에 이승만 대통령 정부에서 실행한 정책이다.

　우리의 농촌에 토지개혁이 있기 전, 이미 북한은 남한의 토지개혁보다 약 4년 앞서 농지개혁이 이루어져 있었다. 그러므로 만약 남한에서의 토지개혁이 없었거나 더 지연되었다면, 북한식 농지개혁에 대하여 남한의 가난한 농민들이 크게 동요되었을 것이다.

　따라서 시기적절하게 시행된 남한에서의 토지개혁은 공산주의 선동을 막을 수 있는 적절한 조치가 되었다.

　또한 남한의 토지개혁이 북한식의 농지개혁과는 차이가 있었기에, 이 차이는 북한식의 농지개혁을 뛰어넘어 농민들에게 큰 환영을 받았다.

　북한은 '무상몰수 무상분배'라는 형식으로 토지개혁을 실행했다. 북한은 토지개혁에서 지주를 악의 축으로 삼았고, 지주의 농지를 무상으로 빼앗고, 심판하고 숙청하고, 때로는 죽이기까지 했다.

이에 비하여 남한은 헐값이기는 했으나 지주에게 농지 값을 지불하고, 지주에 대한 심판, 숙청, 살인이 있기는커녕, 지주로 하여금 그들이 받은 토지개혁 농지자금을 산업발전에 투자하여 발전하기를 희망했다.

농지의 분배에 있어서도 북한은 농지를 국가가 소유하고, 농민은 노동만 하여 배급제로 얻어먹고 살라는 식이었으나, 남한은 자영농가식의 자급자족 이었다.

이에 비하면 북한의 무상분배라는 것은 강제 노동이나 시키면서 배급제로 먹여주겠다는 것에 불과했다. 이것은 자기 농지 소유 없는 또 다른 형태의 노예 농민인 셈이나 마찬가지였다.

토지개혁은 B의 친가나 외가 같은, 지주들의 입장에서 본다면 당연히 많은 미움을 받는 일이다.

남한 정부도 처음에는 미움을 받았다. 그러나 북한식의 '무상몰수'가 안 된 것만도 다행이고, 더욱이 북한처럼 '심판, 숙청, 사형을 당한다'고 가정해본다면, 국가에 감사의 절이라도 해야 할 판이 아니었겠는가.

6.25 전쟁

_____대포 소리

토지개혁법이 1949년 6월 21일에 선포되고, 1950년 3월 10일에 국회개정 법률을 통과했다.

이러고서 불과 3개월 지나 6.25 전쟁이 터졌다. 아무도 예상치 못했던 전쟁이었다. 평소 남한 국민들은 북진 통일이라는 소리나 들어왔기에, 남쪽에서 쳐올라가지 않으면 전쟁은 없을 걸로 생각했다.

이승만 대통령은 북진 통일만 외쳤다. 탱크 한 대도 없으면서 입으로만 한 것이다. 입에서 나오는 소리로만 듣자면 국군은 막강했다. 이러니 6.25 일요일 그날도 놀러 다닐 참이었다.

B는 이날도 삼청공원 갈 생각을 하며 아침을 먹고 있었다. 뒷산은 B의 유일한 벗이었다. 그러니 일요일은 삼청공원과 그 뒷산을 B는 가야 하는 날이다.

그런데 이날 아침, 다른 날 하지 않던 말을 어머니가 했다.

"오늘도 산에 가려느냐? 오늘은 가지 마라. 어디 나가지 말고 집에 가만히 있어야 한다."

"왜요? 공원에 갈려고 했는데."

"꿈을 보니 전쟁이 날 것 같다. 일주일 전에도 같은 꿈을 꾸었는데, 어제 꿈은 너무 이상하다. 전쟁이 난 것 같다. 가벼운 전쟁이 아닌 것 같다."

이걸 아버지는 가볍게 말했다

"전쟁은 무슨 전쟁, 대통령이 국민에게 알리지도 않고 전쟁하나. 개꿈을 갖고 해석하지 마라."

그러다가 곧 전쟁 발생을 알게 되었는데, 그 소리를 듣고도 별것 아니라고 여겼다.

어머니의 피난 주장에 아버지는 그냥 웃기만 했다.

"피난은 무슨 피난. 국군이 밀고 올라가기나 할 걸. 괜한 걱정하지 마라. 좋은 집을 두고 가기는 어디를 가겠냐. 집 비워두면 남들이 다 훔쳐가게? 그럴 일 없다."

그런데 다음날 대포 소리가 들려왔다.

"대포 소리 아니냐? 이거 어떻게 된 일이야? 왜 대포 소리가 들리지? 국군이 밀고 올라가기나 할 건데? 이거 어떻게 된 일이야?"

대포 소리는 점점 가까이 들려왔다. 삼일째는 총소리까지 들려왔다.

동네 사람들이 학교 앞에 나와서 웅성거리며 불안해했다. 이때 젊은이 몇이 달려와서 말했다.

"미아리 고개까지 처내려왔어요. 미아리 공동묘지에서 싸우고 있는 것 같아요. 가까이 가보지는 못했는데 국군이 마구 도망 오고 있어요. 서울은 빼앗기지 않아야 할 건데…."

얼마 가지 않아 따발총 소리도 들렸다. 처음 듣는 그 총소리에 부모님은 희한한 소리를 다 듣는다고 했다.

총소리임엔 분명한데 따발총 소리를 난생 처음 들어봤기 때문이다.

도망쳐 오는 국군이 학교 앞에 나타났다. 모두가 놀라워하며 바라봤다. 한 명. 잠시 후 두 명, 그러다가 또 한 명, 이렇게 몇 명이 중앙중학교 아래의 계동 비탈길을 다급히 올라왔다.

그들은 길가 집에 들러 헌옷을 구걸했다. 군복을 민간복으로 바꿔 입고자 해서다. 학교 정문에서 제일 가까운 S 집에서 한 군인이 옷 보따리를 들고 나오는 것을 B도 보았다.

그런데 몇몇 집은 옷을 주지 않았다. 신고하면 잡혀간다며 거절했다. 고자질하던 친일파가 있었듯이 그런 짓을 분명 누군가 또 할 것이기 때문이다.

군인들이 가회동 집 뒤 담벼락 언덕길을 허겁지겁 달려가며 철모를 벗어 던지고, 총을 버리기도 하고, 걸어가면서 군복 상의를 벗어버리기도 했다. B는 밖에 나가서 이것을 죄다 보았다.

그들이 공포에 떠는 모습, 절망적인 눈망울, 한탄의 소리, 이걸 보고 들었다. 어릴 때지만 B는 이걸 느꼈다. 어느 주민이 물었다.

"왜 남쪽으로 가야지 북쪽으로 도망가나요?"

"한강 다리가 끊겼어요. 건너갈 수가 없어요. 저들이 후퇴하며 끊어버렸어요. 나쁜 것들."

후퇴하는 군인들이 미아리 고개에서 싸우고 있을 때, 대통령과 높은 자리의 인물들이 한강 다리를 건너 대전으로 도망가면서 폭파 명령을 내려버린 것이다.

국군이 서울에서 죽을 힘을 다하여 싸우고 있을 때였는데, 이들은 어떻게 되라고 그랬을까? 북한산으로 도망가본들 먹을 것이 어디에 있나?

군인이 민간복으로 바꿔 입어도, 이마를 보면 모자 자국이 보였다. 신발을 벗겨보아 발목에 군살이 있으면 군화 자국이다. 이들을 찾아내어 현장 사살했다.

끊어진 한강 다리를 모르고 다리를 건너던 차량이 강물에 떨어져 쌓여서 차가 물 위에까지 올라왔다고 한다.

이렇게 수많은 사람을 죽게 했다. 저 살겠다고 일찍 도망가는 자가 다리를 폭파해버렸기 때문이다.

한강 다리를 폭파하라는 폭파 명령권자가 있을 것이다. 국군통

수권자인 대통령이 명령했다고, 여론이 극도로 악화됐다.

그러나저러나 지금은 점령지 하의 서울이다. 한강 다리 끊긴 것보다 우선 목숨 부지가 문제다. 살아남아야 한다. 지극히 난감한 일이다.

돈이 있어도 남한 정부 발행 돈은 사용할 수 없게 됐다. 똥이나 닦아야 할 휴지가 되었다. 사먹을 물건도 없지만, 천금이 있다 한들 이제는 거지나 다름없다.

쌓여 있던 곡식과 부식은 자칭 인민위원이라는 자들에 의하여 전량 탈취당했다.

_____옷 보따리와 권총 사건

북한군이 서울을 점령하면서 중앙중고등학교는 그들의 군 본부가 되었다.

군 차량과 병사들이 학교로 밀려 들어왔다. 그러나 이것도 잠깐이었다.

급속도로 남하하는 북한군의 병력 충원 때문에 그들의 차량과 병사가 다시 다 빠져나가고, 학교에는 본부의 행정병 정도나 몇 남은 것 같았다.

어린 학생 나이 정도의 병사만 보였고, 매우 어려 보이는 병사가 바닥에 닿을 것 같은 긴 소총을 어깨에 메고 학교 정문에 보초를 섰다.

그 보초에게 자주 가서 말을 건네는 동네 사람이 있었다.

자신이 차고 있던 시계를 보초에게 주기도 하고, 보초와 자주 대화를 나누기도 하고, 귓속말로 소곤거리거나 하는 아줌마와 아저씨가 있었다.

그들은 역시나 소문대로 X댁 부부였다.

어느 날 이들 부부의 속삭거림을 듣다 말고 보초가 급히 자리를 떠나 본부로 달려가고 있었다. 이를 본 사람들이 이상하게 여겼다.

'보초가 자리를 뜨다니 화장실이 급했나?'

하기야 출입하는 군인이라곤 본부 대상의 차 말고는 아무도 없었으니, 보초가 없다 한들 문제될 일도 없다. 보초가 자리를 비웠다고 한들 누가 감히 그 속을 걸어 들어가겠느냐. 들어오라고 할까 봐 겁내야 할 일이지.

본부 막사로 걸어간 보초는 잠시 후 다른 병사 한 명과 같이 나왔다.

그리곤 국군에게 옷 보따리를 준 부부의 집으로 곧장 가더니, 그 집 부부를 잡아갔다.

'국군에게 민간복 준 일을 누가 고자질했구나.'

어떻게 알고 잡아갔을지는 다들 짐작이 갔다.

잡혀갔으니 이젠 죽었구나 하고 이웃들이 생각했다.

그런데 이상하게 그들 부부가 곧 풀려나왔다. 풀려나온 정황이 놀라웠다.

군인의 위협에 옷 보따리를 주었다고 변명했지만, 그런다고 무사할 일이 아니다.

죽는구나 하고 두려움에 떠는데, 아내가 갑자기 두 팔을 높이 쳐들며 만세를 불렀다.

"김일성 대통령 각하 만세. 김일성 대통령 각하 만세!"

남편도 즉각 따라 만세를 소리높이 외쳤다.

이 소리를 들은 북한군 대장이 그들에게 소리쳤다.

"김일성 장군은 대통령이 아니오. 김일성 어버이 동무요."

잡혀 온 부부의 귀가 번쩍했다. 그리곤 팔을 들어올려

"김일성 어버이 동무님 만세. 김일성 어버이 동무님 만세. 김일성 어버이 동무님 만세."

하고 목청이 터지라고 쉬지 않고 외쳤다.

본부 대장은 그들 부부를 제지하지 않았다.

이것을 제지하면 김일성 동무에 대한 불경이 될지도 모른다.

대장은 웃고만 있었고, 부부는 계속 만세를 불렀다.

너무 시끄러웠는지 대장이 문밖으로 나갔다. 그래도 빈방에서 계속 만세를 불렀다.

세월의 물결이 흘러가며

대장이 다시 들어왔다. 그리고 그만 돌아가라고 했다.

부부는 "감사합니다!" 하며 깊이 절을 세 번 하고 무사히 나왔다.

그들은 다시 잡혀가지 않았다.

이 일에 가장 놀란 사람은 X댁이었다.

자신의 수고가 보상을 받기는커녕 이상하게 되지 않았는가.

민간복 보따리 사건으로 잡혀갔던 사람이 돌아온 후, 이번에는 권총 사건으로 이웃집 처녀가 잡혀갔다.

국군 장교가 도망가다가 버린 것을 어린 처녀가 아무 생각 없이 주워갔다. 이걸 본 누군가가 정문 보초에게 일러바쳐서 일이 벌어졌음이 분명하다. 이건 누가 고자질했을까?

아줌마들의 입방아가 바람결에 날리는 밀가루저럼 분분했다. 이럴만한 사람은 역시 누굴 거라는 말과, '아니다 이건 은행나무 댁에서 했을 것'이라는 주장도 있었다.

학교 정문에 있는 은행나무 그늘 아래에 바짝 붙어 있는 아주 작은 집이 있었다. 도망가며 길에 버린 권총이 그 집 앞에 있어서 누가 주워가는 것을 보았을 것이니, 그 집에서 고자질했을 거라는 이야기다.

이 말은 X댁이 퍼트렸다. 어머니는 이에 대하여 다르게 주장하셨다.

"은행나무 댁은 절대로 아니다. 그 집 부부는 착한 사람들이다.

아주 착한 사람들인데 누구 잘못되라고 그럴 사람이 아니다. 그럴 리가 없다."

아주 강하게 부정하셨다.

그리고 이러더라고 이 말을 그 집 부부에게 알려 주었다. 누명은 벗어야 하기 때문이다.

부부는 대성통곡을 하며 골목에 나와서 눈물로 하소연했다. 사람들은 그 모습을 보며 저들이 한 짓은 아니구나 했다.

그러나저러나 잡혀간 처녀는 며칠이 지나도 풀려나지 않고 감감무소식이었다. 길에 떨어져 있는 권총을 주워들고 집에 가져갔으니 무사하기 어려운 일일 것이다.

잡혀간 사람은 층계 위집 동무의 큰누나였다. 누나가 잡혀간 후, 동무가 울고 있는 것을 B는 보았다. 그 집 부모도 딸을 기다리며 문밖을 기웃거리고 있었다. 잡혀간 딸은 그날도 다음날도 오지 않았다. 이런 짓을 만들어놓은 악독한 인간이 누군지 다들 짐작했다. 사람들이 수군거렸지만, 그 짐승보다 못한 자가 누구라는 말은 아무도 꺼내지 못했다.

나흘째 저녁, 그 처녀가 학교 정문을 걸어 나와서 집으로 가고 있었다. 풀이 팍 죽은 모습으로 머리를 떨구고 갔으나, 뺨맞은 흔적도 없고 멀쩡했다.

이를 본 사람들이 몰려갔고, 다행이라는 축하를 한마디씩 던졌다. X댁이 제일 열심히 축하를 던졌다.

그런데 잡혀간 처녀는 그것으로 다 끝난 것이 아니었다. 다음날 부터도 매일 조사 받으러 해 떨어지면 스스로 가야 했다.

철야 심문이라도 하는가? 이웃들은 밤만 되면 조사 받으러 가는 풀죽은 그의 모습을 보곤 했다.

이런 일은 하루 건너, 또는 이틀 건너, 일주일에 한 번, 이렇게 점차 늦춰졌고 한 달 반이 넘도록 계속되었다. 그러다가 그 처녀도 풀려났다.

"다행이다. 참 다행이다."

하는 이웃 사람들의 위로의 말이 주어졌다. 다른 이상한 말을 만들어내는 사람은 아무도 없었다.

피난살이

_____ 첫 번째 피난살이

　전쟁에서 굶주림은 의당히 겪는 일이다. 전쟁이 난들 여느때처럼은 아닐지라도 그럭저럭 살아가리라고 생각한다면 어리석다.

　이걸 6.25 전쟁에서 겪어봤다. 가회동 집은 저장 곡식도 있었고, 마른 북어 등 부식거리도 창고에 쌓여 있었다. 보릿고개를 넘기기 어려웠던 다른 집과는 달랐다. 그런데 결과는 다를 바 없었다. 우선 수돗물이 끊겼다. 다행히도 계동에 하나 있는 우물에서 물을 져 나를 수는 있었으나 전과 같지 않았다.

　지금은 전쟁이 나면 어떠할까? 샤워하고 머리 감고 할 수 있을까? 단독 집만 있는 동내에서도 우물에 줄서서 기다렸는데, 고층 아파트 세상에서 그 많은 사람이 무슨 수로 물 마시고, 밥 해먹고, 때빼고 할 것인가. 아마 똥 쌀 물도 없을 것이다. 그럼 똥은 어디서?

도시인구 100만도 못 되는 당시의 서울에서 먹을거리를 구할 수 없었는데 지금 서울 인구가 몇 명이냐. 폭격 안 맞으면 살겠지 싶겠지만, 굶거나 병들어 죽는 사람이 더 많을 것이다. 전시에, 이 인구에, 수돗물이 차로 공급될 줄 아는가.

여전히 먹을 곡식이 들어오고, 공장도 돌아가고, 라면이 나오고, 휴지가 나오고, 농촌에서 농산물이 지금처럼 나오고 이러겠지 한다면 꿈이나 꾸고 있는 짓이다.

나라 시설을, 경제를 그렇게 잘 돌아가도록 적군이 가만 놔두지를 않는다. 이건 자고로 그랬다.

나라에서 배급을 주겠지. 물차가 와서 급수를 하겠지. 아직도 이렇게 생각하는 사람이 있다면 이건 벅수보다 더한 바보다.

전쟁이 나사 수돗물이 끊겼고 곧 먹을거리가 떨어졌다. 저장된 곡식도 부식도 탈취 당했고, 하루 먹을 끼니도 없었다. 있는 곡식이라고는 베개 속에 넣어져 있던 메밀 껍데기뿐이었다. 당시는 메밀 베개를 사용했기에 식구마다 메밀 껍데기 베개 한 개씩 있었다.

메밀 껍데기를 물에 끓여 국처럼 마셨다. 소화가 제대로 될 리도, 힘이 날 리도 없다.

B는 오늘날 뉴스에서 보는 해외 어느 나라의 어린이처럼 삐쩍 말리갔다. 옛날만 이리할까? 이러다가 쓰러져도, 소방관도 경찰

도 올 리 없다. 그럴 형편이 안 된다.

치안은 공백이 되고 범죄가 난동한다. 제 힘으로 살아남아야 하는데, 제 힘 정도로는 써볼 데도 없고, 어디에 기대볼 데도 없으니 속수무책이다.

B의 첫 번째 피난살이는 동두천 골짜기였다. 아버지는 어머니와 딸, 이렇게 셋을 집에 남기고, 남은 아들자식들을 북쪽 동두천으로 보냈다. 한강 다리가 끊어져 남쪽으로는 강을 넘을 수 없기에, 아들들이라도 먹고 살아남아보라고 차라리 북쪽 산골의 아는 이 집으로 보낸 것이다.

B는 거기서 멀건 호박 국물을 하루에 한두 번 먹고 목숨을 유지했다. 그때의 B 모습은 '피골이 상접하다'의 바로 그 몰골이었다.

사람이 먹고 살아야 한다는 것은 무엇보다도 심각한 현실이다. 먹고야 살겠지 말하지만, 이건 전쟁이라는 것을 영화로나 봐서 알 뿐, 뭘 모르는 소리다.

전쟁 때 먹고 산다는 것은 기적 같은 일이다. 편하고 넉넉하고 남 덕 보는 환경에서 잘살아가던 이들이여, 절제와 절약과 근신을 모르는 자들은 전쟁의 처참함을 모른다.

굵고 짧게 살고 만다나. 그런데 그때가 닥치면 이들이 더 살겠다고 더 난리가 난다. 굵어 곱게 죽지도 않는다. 꼭 뜨거운 맛을 겪어보고 깨달을 것인가. B는 어릴 적에 이미 이 맛을 겪어봤다. 그래서 초심을 버리지 않고 평생을 절제, 절약, 근신하며 살아왔다.

아무튼 다시 옛이야기로 돌아가서, 6.25 때의 북쪽 피난 시골 생활을 돌이켜본다.

그곳이 동두천이었다. 지금은 동두천시가 되었지만, 당시는 첩첩산중 시골 같았다. 개천에 아주 작은 물고기가 질펀했고, 커다란 메기가 물속에 엎드려 있는 것도 이곳저곳에서 볼 수 있었다. 그 맑디맑은 물에 들어가 앉아 있으면, 은빛 나는 작은 물고기가 수없이 몰려왔다.

그런 것을 안 잡아먹고 있는 시골이었다. 그러나 곧 그 좋은 것은 굶주린 누군가가 다 잡아먹어 없어셨다.

소쿠리만 있으면 물고기를 걷어 올릴 수 있는 건데, 그걸 끓여 먹었으면 영양 보충이 되었을 걸,

당시 어른인 B의 형도 그 나이만큼의 지혜는 없었다는 생각이 든다.

그때는 개구리도 많고 도마뱀도 많았다. 먹을 것이 없어서 그걸 잡아먹고 지낸 아이들은 전쟁 통에 더 크고 튼튼해지기도 했다. B는 너무 못 먹어 성장도 멈추고 골병이 들었다.

동두천에서 머물다가 시울에 국군이 진격해왔다는 소식을 들

고 가회동으로 돌아왔다. 그간 부모님과 누나는 무얼 먹고 견뎠을까?

헌 옷가지나 밥그릇이라도 들고 마포, 여의도, 뚝섬까지 농사짓는 곳을 찾아가 사정사정하여 아무 먹거리나 바꾸어 와서, 솥에 넣어 끓여 국물로 배를 채우며 나누어 먹었다고 한다.

이때 기르던 개가 있었지만 그 개를 잡아먹지 않고 함께 살았다. '사람도 먹을 것이 없는데 무얼 먹여서?'라고 하겠는데, 그렇지 않았다.

하루에 한 번씩 그 개를 집 밖에 내보내주면 스스로 알아서 해결하고 돌아왔다. 똥오줌도 누고 뒷산에 올라가서 들쥐라도 잡아먹고 오는 모양이다. 산에 들쥐는 많았다. 쥐의 색깔은 다람쥐 비슷한데 꼬리가 쥐꼬리였고 머리도 쥐였다. 들쥐는 떼로 몰려다녔다.

B의 개가 이걸 잡아먹고 오지 싶었다. 그런데 어떤 날은 몸에 상처가 나서 돌아오기도 했다. 짐승하고 싸워서 난 상처가 아니고, 사람이 던진 돌에 맞거나 몽둥이에 맞은 상처다.

굶주린 사람들이 개 잡아먹으려 해서 생긴 상처였다. 그래서 낮에는 위험하여 깜깜한 밤중에 내보냈다. 이 개는 중공군 침공 때 식구들과 함께 피난길에 올라 마산에 피난까지 가서 함께 살게 된다.

이 누렁이 개는 평생 잊지 못하는 B의 첫 번째 개가 되었다.

_____두 번째 피난살이

B의 첫 번째 피난살이는 동두천 산골에서이고, 두 번째 피난살이는 부모님의 고향 시골에서다. 두 번째 피난길은 중공군의 침공 소식을 듣자마자 바로 시작되었다.

첫 번 침공 때 죽을 고비를 넘기면서 '앗 뜨거'를 겪으신 아버지는 막내아들 B부터 먼저 친지와 함께 따로 내려 보내려 했다. 이에 어머니의 의견은 반대였다.

"함께 내려가면 되지, 한강 다리가 금방 끊어지지는 않을 건데요?"

"그게 아니고, 아이가 짐을 짊어질 것도 아닌데, 바삐 내려갈 때 짐된다."

이렇게 해서 B는 친지와 함께 먼저 피난을 갔다. 피난 가는 곳이 시골의 할아버지 댁이다. 그래서 4촌 형과 함께 갔다. 그는 B보다 두 살 반 위였다. 부산에서 삼천포 가는 통통선 배를 태워줘서 둘이서 한밤중에 삼천포 부두에 내렸다. 엄청 추웠다. 바람이 심하게 불어대는 12월 22일 삼천포 부두의 밤바다 추위가 얼마나 심했는지, 내리자마자 B는 덜덜 떨었다.

잘 차려입은 4촌 형은 털모자에, 두툼한 장갑에, 두터운 외투까지 입어서 떨지 않았으나, B는 털모자도 없고 면장갑에 면바지, 짧은 면직 외투였다. 내복도 얇고 특별한 옷이 아니었다. 오늘

날과 같은 방한복이 없던 당시는 다들 그렇게 입고 추위를 넘겼
다.

특별한 방한복도 없이 추위를 그냥 몸으로 견뎠기에 동상 걸리
는 일이 잦았다. 귀, 발가락, 코, 손가락이 동상을 입어 붉고 진물
이 나기도 했다.

동행한 4촌 형에게는 그의 누나가 특별한 복장을 준비해서 입
혔다. B는 부러운 눈길로 그를 보았다.

실은 그 외투는 그의 자형이 뇌물로 상납 받아 입던 수입품 옷
이었다.

삼천포 밤바다 부둣가의 바람이 심하게 불었다. 너무 추웠다.
작은 배에서 내린 사람들은 내리자마자 급히 부두를 떠나고 있었
다. B는 그들 따라 빨리 가고 싶었다. 그러나 4촌 형이 아무 말
말고 조용히 있어보라기에, 사람들이 다 사라질 때까지 머물렀
다. 주변에서 사람들이 사라지자 4촌 형은 B에게 이곳에서 자자
고 했다.

"이곳에서 어떻게 자? 못 자. 추워서 얼어 죽어."

"아니야, 잘 수 있어. 저기, 생선 놓는 가판대 위에서 자자."

그곳 물가에 판자로 만든 가판대 같은 것이 하나 있었다.

두 아이가 드러누우면 딱 맞을 길이와 넓이는 되었다. 그것의
한쪽은 판자로 벽처럼 세워져 있고, 햇빛 가리개 지붕까지 되어
있었다. 그것은 가느다란 4개의 막대기 위에 얹혀 있어서, 둘이

올라가면 받치고 있는 다리가 부러질 것 같았다.

"형, 저건 위험해, 쓰러지면 바닷물에 빠져."

"어디, 너 먼저 올라가 봐. 거 봐, 안 쓰러지네."

부산에서 떠나올 때 B의 큰형이 돈과 군 통조림을 넉넉히 가방에 넣어 보냈다. 큰형이 군 병원 약제사였기에 비상 통조림 세트를 구할 수 있었다. 4촌 형에게 그걸 주었다. 네가 형이니까 잘 돌보라며 준 것이다.

B는 사람들 따라가서 그 돈으로 잠잘 곳을 구하자고 했다.

그는 돈은 차비로 써야 한다며 안 된다고 우겼다. 어쩔 수 없이 어떻게 자보는 수밖에 없었다.

'돈을 나에게 주었어야 하는데…, 형이라고 그에게 주었으니….'

그는 B를 가판대 안으로 들어가 누우라고 했다.

"가판대가 쓰러지면 바닷물에 빠지는데…, 쓰러지면 나는 안쪽이어서 뛰어내릴 수도 없는데…. "

B의 걱정스러운 말에 그가 말했다.

"걱정 마라, 내가 붙잡아주면 되지."

'붙잡아주기는, 혼자 뛰어내리기도 급할 건데,'

B는 속으로 생각했다.

B는 걱정하며 가판대 안쪽 물 가까이 들어가 누웠다. 그는 조심스럽게 B 옆에 누우며, 한쪽 발은 뛰어내릴 준비로 바닥에 내리고 있었다.

금방 부서질 건가 싶었는데 무시했다. 두 사람 무게를 건딜 만

했던 모양이다.

그런데 너무 추웠다. 턱이, 이빨이 딱딱거렸다. 온몸이 덜덜거렸다. 이런 경험이 없었다. 4촌 형은 조용했다. 그러면서 B를 나무랐다.

"시끄럽게 하지 마라. 참아. 조용히 해."

B는 참아지지가 않았다. 조금 시간이 지나갔다. 그러면서 차츰 편해져왔다. 그러자 4촌 형이 떨기 시작했다. 두툼하게 입은 보온 옷으로도 냉기를 막지 못하는 모양이다.

한편 B는 떠는 것이 멈추어져갔다. 4촌 형은 덜덜덜 딱딱딱 더 떨었다.

그러더니 자리를 바꾸자고 했다. 그가 하는 말이 웃겼다.

"너는 작아서 밖에 누워도 덜 춥겠다."

'못된 인간, 형이랍시고, 형 집에 가서 고생하겠구나.'

속으로 생각했다.

바다 바람이 엄청 불어왔다. 그런데 B는 더욱 편안해지며 졸려왔다. 추운 고비를 지났다고 생각되어 다행이다.

'이젠 편안히 이대로 새벽까지 자고 나면 된다. 추위는 좀 견뎌 적응하면 편해지는 것이구나.'

그런 추위를 겪어본 경험이 없었다. 그리고 주의사항도 알지 못했다.

그런데 4촌 형이 점점 너무 시끄러웠다. 나처럼 조용해지면 되는데….

B는 더욱 졸려왔다. 그대로 편안히 자고 싶었다. 옆에서 4촌 형의 몸이 덜덜, 이빨이 딱딱, 시끄럽든 말든 B는 잠들어갔다.

이때 누가 깨웠다. 하나뿐인 이 가판대의 주인이 나온 것이다. 자판대가 부서진다고 나무랄 건가?

20미터쯤 떨어져 바다 물가에 지은 하나뿐인 움막집 여주인이었다. 시끄럽고 말소리도 들리고 해서 나와봤다며 무척 놀라워했다.

"애들아, 여기 이러고 있으면 자다가 죽는다. 큰일 난다."

다급히 두 아이를 데리고 움막집으로 들어갔다.

밥 두 공기를 주고 국물을 주었다. 그렇게 맛있을 수가 없었다. 통조림도 꺼내 먹지 않고 저녁을 굶었으니 그럴 수밖에. 허겁지겁 먹는 것을 보고 아주머니가 말했다.

"저녁도 못 믹있구나. 쯧쯧, 큰일 날 뻔했다."

나는 왜 큰일인지 그때는 이해하지 못했다. 그게 무슨 말인지? 편안히 자려 했는데….

4촌 형, 그도 몰랐을 것이다. 그날이 죽을 뻔한 날이고, 그 아주머니가 생명의 은인임을 훗날에라도 기억했을까. 끝내 그렇지 않았다.

그날 형은 '감사합니다'를 연발했다. 그러면서 귓속말로 내게 말했다.

"너도 감사합니다 해. 그래야 무얼 더 준단 말이야."

나는 진심으로 인사를 했다. 그리고 형에게 가만히 말했다.

"우리 돈을 드리거나 아니면 통조림 드리자. 밥도 먹고 방이 따뜻해서 고마운데."

그 형은 질색을 했다.

"조용히 해, 말도 꺼내지 마. 알았지?"

그런데 아주머니는 삶은 고구마 한 개와 감자 한 개를 더 내어 주며 남은 것이 이것뿐이라고 하셨다.

"그것 봐 더 나오지."

이상한 형의 귓속말이다. B는 이러는 것이 싫었다. 고마우면 선물이라도 하지. 말만 가지고…

그는 영악했다. 두 살 반 차이인데 그럴 수가? 그에 비하면 B는 벅수다.

다음날 아침 형은 이 은혜를 꼭 갚을 것이라며 인사했다.

그의 말이 거짓말이라는 생각을 하며 B는 "감사합니다."라고만 했다.

형이 하는 짓으로 보아 은혜를 갚을 것이라고는 생각되지 않았다.

"돌아갈 차비는 가지고 있느냐?"

아주머니의 물음에 B가 얼른 대답했다.

"네, 많이 있어요."

"그래, 잘 가라."

부둣가 그 움막집에 남자는 없었다. 어린 아이만 자고 있었다.

'비상식량 통조림에는 여러 가지 맛있는 것이 들어 있는데 그걸

주고 싶은데, 그런 걸 언제 맛보려고.'

가난해 보였다. 그런 걸 먹어볼 기회는 없을 것이다.

그 집을 떠나며 형이 내게 말했다.

"가만히 있지. 왜 차비 있다고 했어? 네가 왜 나서?"

기막힌 인간이다. B도 알 건 다 알았다. 나쁜 것, 옳은 것의 분별은 타고났다. 그래도 속으로만 생각하고 아무 소리 안 했다. 4촌 형은 영악하다고 해야겠다.

영악(靈惡)이라는 의미가 무엇일까. 지금 생각한다.

'그 녀석 참 영악하네, 똑똑하네, 영리해, 영특하기도,' 이런 말을 비슷비슷한 말인 양 섞어 쓰는 이들이 있다. 이건 잘못된 말이다.

영리(怜悧), 영특(英特)은 심령 영(靈)자가 아니다. 그리고 선과 악을 구분하는 의미의 악(惡)자가 안 붙는다. 이점을 잘 생각해야 한다.

영악은 심령이 악한 것이다. 영혼이 악한 것이다. 마음이 악한 것이다. 영악은 악에 근본 바탕을 두고 있다.

이럴 때를 두고 근본적으로 바탕 자체가 다르다는 표현을 쓰게 된다. 그것은 선의 반대인 악에 바탕을 두고 있다.

B의 4촌 형의 행위는 누가 똑똑하다고 할지는 모르겠으나 악한 것이다. 마음에 선함이 없다.

영악이라는 참 의미도 잘 모르고 어른들이 이를 혼용하고 있었다.

B는 움막집을 나와서 4촌 형의 집에 가서 한 달을 묵게 되었다. 그러면서 형의 영악함을 더 보게 되었다.

그곳에서의 생각하기도 싫은 너절한 과정을 생략하고 요점만으로 정리하여 그 이야기를 끝내고 싶다.

그 형의 집에 도착하여 B는 같이 밥 먹어본 적이 없다. 첫날부터 그들은 그들끼리 안방에서 문 닫고 먹었다.

B는 혼자 아주 작은 밥상, 이걸 개다리소반이라고 한다. 여기에 달랑 밥그릇과 반찬 두 가지 놓고 사랑채에 내다주면 그걸 외로이 먹었다. 간장까지 하면 세 가지 반찬은 된다.

안채에서는 지글거리는 소리, 도마 두드리는 소리, 쩝쩝하며 먹는 소리가 들려왔다. 그의 집을 떠날 때까지 줄곧 그랬다.

사랑채 앞에 감나무가 있었다. 감 따먹지 말라는 주의를 세 번이나 받았다. 한 번만 들었어도 B는 절대로 안 따먹는 아이였다. 밤에 사랑채에서 자다가 따먹지 말라고 했다. 마당에 널려 있는 고구마 말림도 주워 먹지 말라고 했다. 한 줌 주워준 적도 없다.

나는 안채에 올라오는 것이 금지되었다. 사랑채와 사랑채 마당에 있다가 '답답하면 문밖으로 나가 봐라'이다.

밤에 안채의 안방에서 환한 불빛이 비쳐 나오는 것이 보였고, 무얼 맛있게 쩝쩝 먹는 소리가 밤마다 들려왔다.

두런거리는 소리, 감탄하며 먹는 소리로 보아 아마도 비상식량 통조림을 "이것 참 맛있네." 하며 먹고 있는 것 같았다.

그건 실은 나의 통조림인데, 나를 빼놓고 그들만 먹었다. 그들은 무얼 해먹는지, 나는 외롭게 사랑채에만 있게 했다. 그 집에 와서 그 형 콧잔등도 본 적 없다.

나보다 손아래벌 동생이 한 명 있었는데, 처음 갔을 때 몇 번 보고 그도 두 번 다시 볼 수 없었다. X 어머니, 즉 큰어머니 아니면 작은어머니다. 그 집을 떠날 때가지 X 어머니와도 끝내 대면하지 못했다.

식사 때 개다리소반이라는 밥상은 B의 삼촌(실은 X 아버지)이 들고 왔다.

"네가 안방에서 함께 먹으면 불편할까 봐 이렇게 따로 내다주는 것이다."

그의 말이었다.

X 삼촌, X 숙모, 그리고 그 아들, 부전자전, 모전자전이다. 실은 후편에서 등장할 그의 누나, 즉 B의 사촌누나는 더했다.

그들은 파충류처럼 차가웠다. 그 미소는 뱀의 미소와 같았다. B의 동무들에게 당한 것처럼 B는 그곳에서 멍청하게 지냈다.

그 집에서 이런 피난살이를 한 달쯤 지내자 B를 외갓집에 보내버렸다.

"너, 외갓집에 가보고 싶지? 오늘 가봐라."

B에겐 잘된 일이다. B는 외갓집이 좋있다. 거기는 내 집처럼 포

근하고 따뜻했다. 외할머니께서 잘해주셨고 외삼촌과 이모가 따뜻하게 대해주셨다. 외사촌 형제들도 좋았다.

지금도 그때를 잊지 못한다. B는 거기서만 지내다가 X 아버지 댁에는 인사도 없이 마산으로 떠났다.

"외갓집의 외사촌들이여, 특히 이모님, 죄송하고 감사합니다. 저세상에 가서도 기억하겠습니다."

예전에는 오늘날과는 달리 아버지 형제를 삼촌이라 하지 않고 큰아버지, 큰어머니, 작은아버지, 작은어머니라고 했다.

그러면서 외가댁에 대해서는 외삼촌이라고 한다. 남녀 차별인가? 이는 지금도 그렇다.

옛날에는 자기보다 나이 어린 삼촌도 있었다. 그럴 때 장가가기 전, 어리거나 젊다면 삼촌이라고 부른다.

B의 경우 이와 같지는 않지만 여기서 큰아버지, 작은아버지라고 호칭하지 않겠다. 그러고 싶지 않다.

아버지는 무슨 아버지냐. 그냥 촌수 호칭으로 부르겠다.

B에게 세 삼촌이 있다. B와 동행한 4촌 형이 어느 삼촌의 아들인지 일부러 감추고 X 아버지라고 글을 썼다.

이 글을 보면 친지들은 알 만할 것이다. 그러나 B가 드러내어 말할 수는 없다. 그래서 더 자세한 일들을 쓰지 못한다. 큰삼촌, 둘째 삼촌 양쪽에 걸친 일들이 있다. 큰아버지, 작은아버지라는 호칭을 덮듯이 허다한 일들도 덮어두기로 했다. 문중의 자랑스럽지 못한 일들이다. 수치스럽다.

영악한 사촌들이여, 아직 살아 있는가? 그리고 X 삼촌과 X 어머니시여, 저세상 맛은 어떠신지요?

한 세상 살면서 물질로 잘해줄 수 있는 기회란 좋은 기회입니다. 죄다 버리고 갈 물질이건만, 그런다고 자손에게 더 남겨질 것도 아닌데, 영악한 그들이여, 깨우칠지어다.

중공군 개입으로 인한 피난살이인데 엉뚱한 이야기를 했다.

1950년 10월 25일에 중공군의 제1차 공세 개시가 시작되었다. 6.25.전쟁 발생 4일 만에 서울 수도를 점령당해 버렸고, 서울 점령당하고 3개월 만에 유엔군과 함께 수도 서울을 탈환하여 북진하기 시작, 압록강, 두만강까지 진격했는데, 중공군이 불법 개입한 것이다.

아군은 중공군의 인해전술로 인하여 다시 서울을 빼앗겼다. 석 달 만에 서울 탈환하고, 석 달 3일 만에 다시 빼앗긴 것이다.

한강 다리를 폭파한 첫 후퇴 때와는 달리 이번에는 빼앗기기 열흘 전에 서울 시민에게 피난 가라고 소개령을 내렸다.

B는 이 소리 듣기 이틀 전에 출발했고, 부모님은 소개령을 받고 나서 마산으로 출발했다.

이때 고향 시골 촌으로 피신하지 않으셨다. B가 X 삼촌네서 겪어보니 고향 시골로 내려오지 않은 일은 잘하신 일이다.

_____## 세 번째 피난살이

부모님의 마산 도착 소식을 듣고 B도 마산으로 갔다. 이때부터 B의 마산 피난살이가 시작되었다.

부모님이 마산 월영동에 자리를 잡고 계셨다. B는 여기서 마산 월영국민학교를 졸업했다. 중학교는 부산으로 가서 다니다가, 학교가 서울로 올라가자 B도 따라 혼자 상경하여 자취 생활을 하게 된다.

이 자취 생활로 들어가기 전에 우선 마산 피난 생활부터 정리해보고 싶다.

B의 세 번째 피난처인 마산은 물량이 풍부한 것처럼 보였다. 시장에 먹을 물건이 많아 보였다. 동두천 피난살이하곤 달랐다.

이곳에는 미군 부대에서 흘러나온 몇 가지 특별난 통조림도 보였다. B는 그 큰 깡통에 든 맛있어 보이는 통조림을 자주 구경했다. 밥숟갈로 떠서 팔았는데, 사서 먹을 돈은 없어도 꿀딱꿀딱 침 삼키며 보는 맛이 있었다.

그런데 그것은 미군이 먹다 버린 쓰레기를 미군 쓰레기장에서 주워온 것이라는 말이 있었다.

사실 그런 물건이 많았던 것 같다. 아버지는 B에게 그런 것 먹지 말라고 하셨다.

'그런 쓰레기를 먹을 수는 없는 일이다. 여기는 마산이니까.'

___어느 부부

B는 마산시장에서 쓰레기를 주워 먹고 사는 어느 부부를 보았다. 젊고 깨끗한 부부인데, 어린 B가 보기에도 잘사는 교양 있는 사람으로 보였다. 그들은 버려지는 수박 껍질과 참외 껍질을 주워 모으며 나녔다.

그들의 소쿠리에 담긴 수박 껍질, 참외 껍질 쓰레기를 보고 누가 물었다.

"그걸 뭐하려고 주워가나요?"

"예, 국도 끓여 먹고 그냥도 먹으려고요."

"밥은 안 먹고요?"

"직장도 없고 장사할 돈도 없어서요. 다들 살기 어려운데 남의 집에 가서 밥 달라고 구걸할 수도 없어요."

착한 사람들이라고 생각됐다. 호박죽을 먹으며 버틴 동두천 피난 생활이 생각났다.

수박 껍질이 메밀 껍질보다는 나을 까? 그래도 언제까지 저걸 먹고 사나?

그날의 모습이 여린 가슴에 못이 되어 평생 따라다녔다.

그 부부는 살았을까? 장수한다면 아직 살아 있을지도 모른다. 이 글을 본다면 만나고 싶다.

B에게 충격으로 다가온 그 모습이 그후 B의 성장과 함께 철학적 회의까지 일으키곤 했다.

'먹고 산다는 인생이 무엇인가?' 하는 개똥철학이다.

___첫사랑 누렁이

마산에서의 또 하나 잊지 못할 일은 B의 누렁이 개에 관한 일이다. 전쟁 통, 굶주리던 그 지경에서도 함께 살다가 마산까지 내려온 B의 산책 동반 견 누렁이, 이 개는 B의 첫사랑이었다.

그 개를 친지가 사냥하는 데 쓰겠다고 잠깐 동안만 빌려달라며 시골로 데려갔다.

그런데 사냥은 시키지도 않았다. 마을에서 개끼리 싸움이 붙었는데 상대 개의 목덜미를 물고 놓아주지를 않아서, 개 주인이 큰 삽을 옆으로 세워 삽날로 누렁이 등을 내리쳐서 척추가 찍혀 죽었노라 편지가 왔다.

B는 그 말이 믿어지지 않았다. 죽였는지, 팔아먹었는지, 잡아먹었는지, 알 게 무어냐. B는 평생의 상처를 입었다.

그 개는 누렁이지만 똥개가 아니었다. 진돗개보다 컸고, B가 보기에는 생김새가 진돗개 모양 같은데 일본산 명견인 아끼다 견인지 하는 비싼 종자였다.

그래서 혹시 팔아먹었다면 마산에 있을 수도 있겠다고 생각되어, 마산 거리를 오랜 시일 동안 헤매고 다녔다. 이때, 이러고 다니는 B의 마음이 어떠했겠는가.

종일 우울하게 다니다 돌아오는 B의 모습에서 아버지도 눈치를 챘다.

"누렁이 생각나서 헤매고 다니다가 오느냐?"

"예."

"잊어라. 누렁이는 죽있다. 외삼촌이 거짓말한 것이 아니냐. 시골에 알아봤다."

누렁이 사건으로 인간에 대한 증오심이 난생 처음 일어났다. B의 동무들이 B를 속여먹었을 때도 증오심이 안 일어나서, 모자라는 데가 있는 바보벅수인가 싶기도 했는데, 이때 비로소 증오심이란 걸 깨달았다.

첫사랑 누렁이를 B는 오랜 동안 꿈에서도 보곤 했다. 아직도 가슴에 남아 있는 일이다.

개종(改宗)과 신앙생활

_____ 불교에서 기독교로

마산으로 피난길을 갈 때 부모님은 불교 신앙을 지니고 가셨다.

온갖 신을 섬기다가 부처님을 섬기는 믿음으로 변한 지 몇 년 되지도 않았을 때이다.

그러니 무속신앙의 때가 완전히 벗겨지기나 했을까?

의심스럽다. 지금도 그렇지만, 절에서 무속 비슷한 온갖 행위를 하고 있을 때였다.

그러나 그러한 행위가 있음으로써 그것이 어머니에게 위로가 되었기에, 어머니에게 불교는 형태가 다른 무속을 겸한 종교인 셈이었다.

어머니에게 있어서 불교는 그간의 여러 귀신을 섬기는 온갖 행위를 벗어나서 더 힘이 있는 또 다른 형태의 무속 신앙을 가진 바와 같았다.

이때 자녀들의 종교심은 깊은 신심은 없는 상태였다고 할 것이다. 아버지는 어땠을까? 잘 모르겠다.

그러면 B는 어떠했을까. B는 마냥 좋았다. 그놈의 통시 귀신이 없어졌으니 화장실에 앉아 있어도 느긋했고, 대청마루 위의 대들보 귀신이 없어졌다니 마루에 대자로 누워 뒹굴거려도 걸릴 것이 없었다.

그리고 무엇보다도 쥐를 때려잡을 수 있어서 좋았다.

B는 쥐 잡는 틀과 쥐약을 즐겨 놓았을 뿐만 아니라, 쥐만 보이면 돌을 던지거나 몽둥이로 두들겨 팼다.

그런데 이런 일이 원인이 되었을까? 쥐의 공격을 받는 희한한 일이 벌어지기도 했다. 이상한 일이다.

어느 날 쪽마루에 걸터앉아 있는데, 쥐 한 마리가 나타나더니 갑자기 B의 바지 속으로 타고 올라왔다.

'원 세상에! 쥐라는 놈이 사람을 피해 갈 것이지, 내 다리가 나무 기둥도 아닌데 바지 속으로 타고 올라오다니, 이런 일이 세상에 있나!'

'올라와서 어쩌자고? 물어 뜯을 중요한 목표물이라도 그 속에 있더냐?'

너무 기가 막혔다. 그 일 후로 B는 쥐를 더욱 미워하게 되었다. 철망 속에 잡혀 들어 있는 쥐를 익사시키는 일은 B의 전담이었다.

B는 개미도 밟지 않고 비켜가는 아이였다. 부처님의 가르침을 따른 것이다.

그런데 쥐 죽이는 일에는 냉정했다. 철천지원수라도 되는 양, 쥐를 익사시키고 있는 B의 모습을 어느 쥐가 숨어서 보기라도 했다면, 동네방네 이웃 쥐에게 소문을 냈을 것이며, 쥐도 B를 원수로 삼기에 충분 했을 것이다.

그래서 그런지 어느 날은 골목 길가 쪽방에 누워 있는데, 열린 문을 통하여 쥐 한 마리가 벼락같이 덤벼들었다. '소설 쓰냐?' 이렇게 생각하는 사람이 있겠지만,

거짓 없는 진실이다. 거짓말로 꾸미고 싶지 않다.

믿어주기 바란다. 세상에는 이상한 일도 있다.

그놈은 B의 두 다리 사이로 덤벼들더니 가슴팍을 타고 올라와서 B의 코를 향하여 돌진해왔다.

'그놈 참, 용기는 가상해도 멍청하다. 내가 잠들었을 때 해야지 깨어 있는데, 그것도 문밖 구경을 하고 있는 이때 덤비면 어떻게 되느냐. 공격은 때를 살펴야지.'

아무튼 B로선 천만다행이었다. 구사일생이랄까.

코를 물려 쥐독이 퍼졌으면….

그놈이 광견병 걸린 쥐인지도 모른다. 또 한 번 죽을 뻔했다.

그 일 후로 쥐를 익사시키는 일은 둘째 형이 했다.

쥐도 먹고 살려고 그러는데, 불쌍히 보아야지 원수질 것까지는 없다 싶었다. 부처님 말씀은 쥐에게도 예외가 아닌가 싶었다.

세월의 물결이 흘러가며

깨달은 바가 있었다. 그로부터 쥐를 봐도 돌도 던지지 않고, 막대기를 휘두르지도 않았다. 쥐가 보이면

"어이, 도망가. 거기 있지 마." 하고 소리를 쳤다.

인도에서는 쥐만 잡아먹어도 전 국민 고기 문제가 해결될 정도라는데, 우리나라도 그리 되랴.

그러나 염려 없다. 쥐약이 많으니까. 나 아니라도 잡아줄 사람 많다. 이런 생각을 혼자 했다. 그리고 역시 쥐는 싫었다.

이럴 때 이웃집에서 기독교 전도를 했다. 한 지붕 아래 기거하는 분의 친절한 전도였다.

기독교식으로 말하자면 사랑의 전도이다. 지옥 갈 사람 천국 보내준다는데, 이보다 더한 사랑이 어디 있느냐. 고마워할 것은 고마워할 줄 알아야 한다.

그러나 아직 어린 B에게 천국이라는 개념이 들어올 리는 없다. 왜냐하면 살 길이 많이, 많이 남았다고 생각했으니까. 그곳은 늙어야 가지 않겠느냐.

B에게는 다른 것이 더 중요했다. 꺼릴 것 없이 마음대로 먹는 것이다.

불교의 스님은 채식만 했다. 고기를 안 먹는다는 것이다.

불교신자면 불교의 채식을 따라야 마땅한데, 스님처럼 채식만 먹어야 할 것이다.

예수교인이 예수님의 뒤를 따르듯 말이다. 그런데 B는 고기를

좋아했다.

제일 좋아하는 음식이 불고기였다. 그리고 마른 오징어도 너무 좋았고 꽁치구이도 좋았다.

B는 이런 것을 먹어야 한다. 그런데 듣자 하니 살생과 육식은 불교의 길이 아니란다. 불교가 다 좋지만 이게 문제다 싶었는데, 기독교가 이 문제를 다 해결해주었다.

아버지도 이 문제로 개종을 하셨을까? 아닐까?

하늘에서 커다란 소쿠리가 내려오는데 그 속에 들짐승, 날짐승 온갖 것이 들어 있었다. 이를 본 예수님의 제자들이 부정한 음식이라고 기피하자, 예수님께서 가라사대 '꺼리지 말고 먹어라'고 하셨다.

이렇듯 기독교는 고기를 먹어도 된다 하니, 이 종교 얼마나 편하냐. 그 전쟁통, 먹을 것도 부족한 판에 부처님 말씀 따르다가는 굶어 죽겠다. 좋아하는 불고기도 못 먹고…

그래서 어린 B는 기독교가 좋았다. 그리고 하나님이 더 높고 크다고 하니 더 든든한 것이다. 이걸 마다할 리 없다. 천국도 가고.

이로부터 B의 종교는 기독교가 되었다.

선생님이 "종교가 뭐니?" 하면 "기독교예요." 당당히 말하는 거다. 부처님보다 더 높으신 분을 믿는 종교니까.

이때부터 B는 아버지 손을 잡고 열심히 교회를 다녔다.

_____B의 신앙생활

B는 아버지와 함께 교회 문을 들어섰다. B의 어린 눈에는 난생 처음 보는 교회의 분위기가 특별했다. 몇 번 가본 절의 분위기와 는 전혀 다르다는 점에 이 두 종교는 다른 것이구나 싶었다.

여기에 더하여 교회에서 주어지는 가르침은 절에 대한 인식을 이전과는 전혀 다른 것으로 갖게 만들었다.

절은 우상 섬기는 곳이라는 점에서, B는 가회동에서 섬겨오던 온갖 귀신을 생각하며 교회로 개종하기를 참으로 잘했다고 생각 했다. 그리고 무엇보다도 교회의 그 대단한 열기에 감동했다.

절은 몇 달에 한 번이나 일 년에 한 번 가기도 하는데, 교회는 일요일 낮 예배, 일요일 밤 예배, 수요일 밤 예배, 이렇게 일주일 에 세 번이나 갔다. 그런데 아버지는 유독 B만 교회를 데리고 다 녔다. 이것이 새로운 교육의 하나가 되었다.

쌍둥이의 죽음으로 포기했던 교육을 B를 통하여 새 방식으로 해보고 싶으셨던 것 같다.

B 또래 아이는 어른 예배에 오질 않는다. 일요일 낮에 어린이반 이 있으니, 다닌다면 거기를 다닌다. 그런데 B는 그렇지 않았다. 아버지가 늘상 데리고 다녔기에 B는 어른 예배에 빠지지 않고, 어른 틈에 앉아 열렬히 찬송을 했다.

이 열렬한 꼬마를 쳐다보는 주위의 눈길이 느껴졌다.

이 특별한 꼬마의 신앙은 맹목적이었다. 목사님의 가르침, 즉 설교가 하나님의 대변인 소리처럼 들려왔다.

"뜨겁거나 차거나 해야지, 뜨겁지도 차지도 않은 미적지근한 믿음은 하나님이 토하시리라. 예수님이 말씀하셨습니다."

자주 강조하는 이 설교를 듣고 미적지근할 수는 없었다. 뜨거워야 했다.

B는 교회 예배가 끝나고 밤거리를 걸어가면서 그날 뜨겁게 찬송을 불렀다.

"며칠 후, 며칠 후, 요단강 건너가 만나리, 며칠 후, 며칠 후, 요단강 건너가…"

갑작스러운 B의 행동에 아버지는 깜짝 놀라며 B의 길거리 찬송을 만류했다.

"몰라서 하지 않는 죄보다 알고도 하지 않는 죄는 더 크다."

이 가르침의 설교에 부응하는 실천에 찬송 말고 다른 무엇이 있을까?

B의 의문이었다. 학생은 공부 열심히 하는 것이 바로 그 실천이라고는 생각지 못했다.

다른 아이들처럼 어린이반에나 다녔다면 그런 설교 못 들었을 건데, B는 너무 일찍부터 어른 설교를 들은 것 같다. 신앙생활에 대한 인식이 여느 아이와는 달랐다.

"이 세상의 지식, 공부는 헛된 것이다. 하나님 말씀인 성경에 모든 지식이 있다."

이 설교는 좀 이해가 안 갔다. 그러나 곧 종말이 온다느니, 말세가 되어 곧 주님이 오신다느니 하는 데는 동요되었다.

그래서 B는 아버지에게 말했다.

"세상이 곧 이렇게 되는데 학교는 왜 다녀요? 학교 안 다니겠어요."

하고 학교 공부도 필요 없는 것이라는 의견을 말했다.

"그래도 그냥 다녀봐라. 다녀야 되는 것이다. 내일 종말이 와도 오늘 사과나무를 심는다는 말도 있지 않느냐. 필요한 것이니 교회도 다니고 학교도 다녀야 한다."

낭시는 부흥회라는 것이 성행했다. 부흥 목사님이 어느 장소를 빌려서 적어도 일주일 이상 매일 밤마다 부흥 예배를 갖는 것이다.

아버지는 여기도 B를 데리고 갔다. 인근에서 부흥 예배가 열리면 빠트리지 않았다. 그 예배는 색달랐다. 소리 지르고, 박수 치고, 통곡할 때도 있고, 어느 때는 두 팔을 높이 쳐들고 팔딱팔딱 뛰기도 했다.

시끄럽고 요란했다. 그러나 모두가 열정이 흘러넘쳐 보였다. B는 생각했다. 이것이 뜨겁다는 믿음인가보다. 그래서 B 꼬맹이도 열심히 빅수치며 팔딱팔딱 뛰기도 했다. 소리 높이 "주의, 주의!"

따라하면서….

그런 장소에는 B말고 다른 꼬맹이는 단 한 명도 없었다.

일어서서 할 때는 어른들 키에 가려져 앞도 보이지 않았다. 그러나 뜨거운 믿음이라는 것에 따라 B도 이를 실천했기에 기뻤다.

아버지는 B의 이런 모습을 보고 만족스러워했다. 그런데 B는 이런 데만 열심이었고 공부에는 등한했다.

공부에 대해서는 아버지도 한번도 말씀이 없었다. 역시 세상 학문이란 것은 가치가 없는 것인가 보다.

선생님, 선생, 당신

B의 가슴에 남아 있는 기억의 담임 선생님 일을 백사의 미소에서 빼놓을 수는 없다.

마산으로 피난 갔을 때 초등학교(당시는 국민학교)는 판자로 임시 지은 움막 같은 학교였다. 당시 그 학교는 해가 지면 호롱불 아래서 수업을 했다.

그곳을 다니다가 졸업식노 없는 졸업을 했기에, 그곳에 대해 모교 개념이 생기지는 않는다.

B는 3학년까지 다니던 서울의 재동초등학교나 3년을 다니고 졸업한 마산의 월영초등학교에도 별다른 정은 없다.

그런데 정은 없어도 담임 선생님에 대한 기억은 확실하게 남아 있다. 밝지 않은, 어둡고 구렁텅이 같은 그 기억으로서 생생히 살아 있다.

피난 시절 월영국민학교는 건물을 국군에게 내어주고 임시 가 건물에서 수업을 했다.

그때 유엔군은 서울을 재탈환하여 휴전선 부근에서 치열하게 전투 중이었다. 전쟁이 언제 어떻게 될지 알 수 없었으나 아이들의 교육을 방치할 수 없어서 시작한 학교 수업이었다.

B의 학년 학생은 겨우 20여 명이었다. 그리고 달랑 교실 하나였다. 다른 학생들을 볼 수는 없었지만, 다른 곳에 다른 학년의 학생들이 있기는 있는 모양이었다.

터가 좁아서 다른 장소에 교실을 지었고 다른 학급은 거기서 한다는 소리를 들었다.

5학년이 되어서 B의 반 교실은 저학년에게 오전반 수업으로 비워주고, 오후반 수업으로 바뀌었다.

B의 학년의 선생님은 한 분이었다. 이 한 분이 졸업할 때까지 담임이 되어 가르쳤다.

졸업 때, 졸업식도 졸업장도 없었다고 기억된다. 이젠 졸업했으니 학교에 안 와도 된다는 말만 들은 기억밖에 없다. 교장선생님 얼굴을 본 기억도 없고, 다른 선생님을 본 기억도 B에겐 없다. 아무리 전시라고는 하나 상식적으로 이건 아니다 싶은데, B의 기억에는 어쩔 수 없다.

그러면서도 담임 선생님에게서 상처받은 기억은 분명하게 남아 있다. 그간 잊을 만하면 떠오르곤 했기에 긴 세월 속에서도 망각되지 않고 남아 있는 것이다. 그 자세, 그 모습, 그 표정까지 떠오른다.

선생들이여, 당신이 던져준 상처가 어린 가슴에 평생 남는다는 것을 알아야 한다. 이걸 모르면 선생 자격 미달이다.

그것이 어른 보기에는 대단한 것이 못 될 수도 있다. 그러나 어른의 마음과 아이의 마음은 다르다. 당신의 마음에는 '뭐 좀 그럴 수도 있지'하고 말지 모르지만, 아이의 가슴에는 상처가 된다.

B는 3학년을 건너뛰고 4학년에 편입했다. 수업은 구구단 외우는 것부터 시작되었다. 운동장도 없는 학교에서 다른 학생들은 다른 곳에 따로 떨어져 수업을 받는 건지 보이지도 않았다. 20여 명뿐인 학생이 좁은 교실에 모여 앉아 소리 내어 구구단을 외웠고, 선생님은 의자에 기대 앉아 늘 소설을 읽고 있었다.

무엇이 그리 재미있고 우스운지 미소도 짓다가 혼자 궁시렁거리기도 했다. 선생님이 읽는 소설 표지에 '자유부인'이라고 쓰여 있었다.

그 당시 '자유부인' 소설이 무엇인지는 몰랐다. 그냥 책으로만 생각했고 공부하신다고 생각했다. '자유부인'은 그 당시로는 에로물로 취급되었다고 한다.

B는 그때 구구단 외우는 것 말고 무슨 수업을 받았는지 기억나지 않는다. 한글을 익힌다며 국어책 몇 페이지를 노트에 옮겨 쓰는 수업을 주로 가졌다. 그리곤 각자 자습이었다.

도시락도 없이 가서 절반짜리 수업시간을 가졌는데, 반쪽짜리 수업을 갔다가 끝날 때쯤이면 읽다 만 소설책을 덮은 신생님 앞에 학생들은 사오 명씩 나가서 구구단을 외어 보인다.

선생님은 듣다 말고 누구를 지적하여 "너 오 칠은 뭐지?"라고 느닷없이 묻는다. 그리곤 "누구누구는 남아. 잘못 외우니 남아서 외워." 하신다.

이렇게 남게 되는 학생에는 B하고 B의 집 이웃집이자 가장 친한 친구인 한국전력 사장 아들과 정말 잘못 외워 틀리는 몇몇이 있었다.

이때는 동무라고 하지 않고 친구라고들 했다. 동무는 이북에서 쓰는 말이니 하지 말라고 해서 없어졌다. 예부터 해오던 말인데 없어져버려서 지금의 아이들에게선 들어볼 수 없다.

친구와 B는 하나도 안 틀리고 잘 외웠으나 빠르지 않다고 남아 있으라고 해서, 남아 있다가 해가 어둑하면 집에 보내졌다.

늘 늦게 돌아오는 아들에게 부모님은 묻게 된다.

"왜 늦었냐? 다들 벌써 왔는데, 책가방도 메고 뭘 하며 다니다가 요즘 매일 이렇게 늦느냐."

"선생님이 남아 있으라고 했어요."

"왜?"

"구구단을 잘못 외운데요. 외우는 공부 더하다가 가라고 했어요."

"정말로?"

"예."

"그 선생님 열심이시구나. 선생님도 남아 계시고?"

"좋은 선생님 만났구나."

"아니에요. 잘 외우는데도 늘 그래요. 한국전력 아들은 나보다 더 빨리 외워도 남으래요."

"이리 와 앉아봐라. 구구단을 외어봐라."

B는 2×2는 4부터 줄줄이 잘 외었다.

"잘 외우네. 그러면 물어보자. 팔×구 는? 칠×칠 은? 팔×칠 은? 잘하네, 대답도 빠르고. 그런데 선생님 앞이라 얼어서 더듬거린 것 아니냐?"

"아니에요. 틀리는 아이들도 있지만 하나도 안 틀렸어요. 더듬 거리지도 않고요. 한국전력 사장 아들은 얼마나 빨리 하는데요. 제일 빨라요. 아이들도 다 알아요. 그래서 이상하다고들 해요."

아이들이 이상하고 하든 말든 판단은 선생님의 권한이다.

아버지는 말했다.

"한전 사장 아들 부모님이 학교에 안 찾아가시던? 선생님 보러 부모님이 안 오신다던?"

"예. 걔가 그러는데 부모님이 결코 안 가실 거래요."

"참 대단하네. 그런 분이 있다니. 어려운 일인데. 부자면서. 우 리도 부자로 봤나 보다."

그러시며 말씀하셨다.

"괜찮다. 남아서 공부 더 하면 좋지. 속상해하지 마라. 그러다 가 다 끝날 거다."

과연 그러다가 끝났다. 이렇게 해봐도, 저렇게 해봐도, 학부형이 찾아오지 않으니까 포기했는가 보다.

구구단 외우는 것은 학년이 바뀌어도 종종 있었다. 아이들은 구구단을 외우고, 선생님은 소설을 읽는다.

그 후 중학교에 합격하여 인사를 갔다.

"선생님, 안녕하세요?"

"네가 어쩐 일이냐? 네가 다 오고."

선생님은 방 한 개 얻어 자취를 하는 것 같았다.

"빈손으로 왔냐?"

"중학교에 합격해서 인사드리려 왔어요."

"그래? 어느 학교냐? 서울 학교냐?"

"네."

"서울 학교?. 어느 학교? 어디라고? 재수가 좋았구나. 네 실력으로는 못 가는데…! 국가고시 몇 점 받았어?"

그때는 나라에서 하는 전체 시험을 보고 그 점수로 지원학교를 신청했다.

"378점 받았어요."

500점 만점에 378점이니 높은 점수는 아니다. 그러나 남들은 200점대에 많이들 머물기도 했다. 전쟁통에 무슨 공부를 했겠나. 선생이 제대로 가르친 것도 없었고.

"점수 잘 받았네. 재수가 좋았군. 재수라는 것이 있어. 네 실력

보다 잘 받았다."

내 실력이 어떻기에 네 실력, 네 실력 하는지 기분 별로였다. 인사 왔는데 칭찬 한마디 해주리라 기대했는데.

B는 아버지가 인사 가보라고 하셔서 갔고, 다녀와서 그대로 다 이야기드렸다.

"빈손으로 가서 그랬구나. 허허, 내가 일부러 그래 보았다. 어쩌나 보려고, 고생했다. 허허."

B는 선생이라는 단어가 어디서 들려오면 기분이 쓸쓸해진다.

그리고 선생님이라는 호칭이 점점 선생이라는 호칭으로 변했다가, 이제는 이렇게 그를 당신이라고 부르고 있다.

그런 사람을 선생님이라고 부르고 싶지 않다. 그건 선생이라 할 수 없다. 사격 한참 미달이다. 돈만 눈에 보이는 사람.

선생(先生)! 그 자리는 좋은 것을 남길 수도 있는 자리련만, 자신은 선생 월급도 받으면서, 먹고 살기조차 어려운 시기에 어려운 학생 좀 도와주지는 못할망정, 힘든 집안 사정의 어린이도 많았는데, 날개 달린 선생의 자리에서의 그가 참으로 추악한 모습으로 보였다.

그 전쟁 피난살이에서도 뜯어 먹을 거나 생각하다니…. 이거 미꾸라지 한 마리가 어항 물을 더럽히는 건가? 아닌가? 다들 그러지는 않겠지?

피난 생활 전, 즉 전쟁 직전의 일 하나를 소급해서 여기에 적어 놓고 싶다.

재동국민하교 3학년 때의 일이다. B의 담임은 남자였다. 그는 유별나게 B를 미워했다. 가회동에서 잘살면서 담임을 안 찾아보면 이상한 일이기는 했다. 그렇다고 아이를 차별하고 미워해서야 그게 어디 선생이냐.

그러니까 선생 똥은 개도 안 먹는다는 말이 있지.

돈, 돈, 그럴 바에야 아이들 갖고 그러지 말고 나가서 떡 장사나 해라.

어느 날 담임은 음악시험을 치겠다며, 이번 시험은 실기 점수로 매기겠다고 했다. 5명씩 한 팀이 되어 교단 앞에 나가 노래를 불렀다.

B는 두 번째 팀에 나갔다. 부르는 도중에 선생의 고함소리가 터졌다.

"그만, 너 그거 노래라고 하고 있냐? 염불이냐? 중얼중얼, 들어가! 다음 팀."

B는 의아했다. '나, 노래 좀 부르는 편이다.' 지금은 엄청 잘 부르지만 소질이 원래 있었다.

다음 팀이 선생님 앞에서 노래를 불렀다. 그러더니 조금 하다 말고 그걸로 끝내버렸다.

'내가 너무나 잘못 불러서 기분이 나빠서서 중단하시나?'

아이들도 B 때문에 화가 나서 그러는가 했다. B를 타박하려고
그런 것 같은데도 말이다.

6.25 전쟁 직전에 이런 일도 있었다. 토요일 수업이 끝나고 느
닷없이 책상을 분단 별로 하겠다며 4개의 책상을 붙이고, 하나의
책상은 4개 책상 앞에 놓아서 분단장 자리를 만들었다.

"이제부터는 분단 별로 앉아 수업을 할 것이다. 그리고 분단장
이 선생님 대신에 매를 때릴 것이다."

분단 별로 앉으면 옆으로 목을 돌려야 교단을 볼 수 있어서 불
편했다. 이런 교실은 아무 데도 없었다.

더욱이 학생이 학생을 때리게 하겠다니, 기막힌 일이다.

꼬마들이 부산하게 움직여 책상을 정리하고 막 자리에 앉고 있
었다. 삽자기 선생의 호통이 터졌다.

"3분단, 분단장! 30센티 대나무자 들어!"

"000 일어서, 시끄럽게 했어, 손바닥 내밀어. 분단장! 000의 손
바닥 열 대 때려."

B는 맞았다. 그 계집애는 B와 같은 가회동에 살았고, 어느 집
인지 알고는 있었다. 모질게 때렸다. 우쭐하면서.

선생은 웃고 있었다.

"앞으로는 분단장이 이렇게 할 것이다."

이 정도 되면 학부형은 자기 자식을 분단장 시키려고 눈에 불
을 켜고 설칠 것이다. 선생은 재미볼 것이다. 그런데 이 짓은 그날

로 끝났다.

월요일에 보니 분단 별 책상이 원래대로 돌아왔다. B를 한번 그래보려고 그랬나? 학부형의 불평이라도 있었나? 책상을 옆으로 놓고 목 돌려서 수업 받을 이유가 없었으니….

어떤 학부형들은 자주 눈에 띄었다. 수군거렸다. 그 아이는 특별히 자주 칭찬받고 사랑받았다.

전쟁 전의 이 담임선생을 B는 결코 잊지 못한다. 누구를 잊지 못한다는 데는 고맙고 그리워 생각나는 사람, 반대로 역겹고 가증스러워 망각되지 못하는 사람이 있다.

B의 인생 과정에서 역겹고 가증스러운 선생 몇이 있었다는 것은 불행이다. 그 중 선생 일부를 여기에 기록했다. 여타 선생에게 경종이 되었으면 한다. 그래서 이 자리를 이용해서 이렇게 나타내본다.

차마 말을 꺼낼 수조차 없는 끔찍한 선생도 있었다. 그것도 교장선생이라는 사람이!

착하고 바른 선생님들에게 수치를 안겨주는 자들이여, 그릇된 행위를 삼가야 할 것이다.

그날 B의 모든 말을 듣고도 아버지는 끝내 선생에게 무얼 보내주지 않았다. 고집인가? 그렇다면 찾아가 호통이라도 쳐주었다면! 욕을 하거나….

세월의 물결이 흘러가며

　그래서 그런 일이 생기는가? 성질 고약한 학부형을 만나 선생이 먹살도 잡히고 싸대기를 맞기도 하는 모양이다.

　그걸 무식한 학부형의 소행이라고 학부형만 나무란다.

　선한 선생에게 수치를 주는 추한 선생이여 그 추악함에서 뒤돌아서야 한다.

＿첨언

학교의 선생님들을 비방할 의도는 없습니다. B의 딸도 중고등학교 선생입니다. 잠시 딸 자랑하는 바보가 되어보겠습니다.

딸의 앞자리 이름을 따서 Y라고 하겠습니다. Y는 서울 변두리 4류 여학교에 다녔습니다. B가 사는 집이 그 당시는 변두리 4류 지역이었으니까요.

이 4류 여고도 Y여고라고 부르겠습니다. Y여고에서는 그 당시까지 단 한 명도 대학에 진학한 학생이 없었습니다. 응시를 해도 대학에 합격을 못 했다는 것입니다.

그런데 이 Y여고에서 서울대학교 사범대학에 합격한 사건이 발생했습니다. 이건 사건입니다. Y학교에서는 플래카드를 정문에 내다걸고 난리 났지요.

학교 설립 이래 최초의 일이었으니까요.

Y는 학원이나 과외 수업 한 번 없이 자력으로 합격했습니다. Y는 법대나 경영대도 갈 수 있는 실력이었는데, 굳이 선생이 되겠노라는 뜻을 굽히지 않아서 그 길로 가게 된 것입니다.

자력으로 공부하면서 서울특별시 수학경연대회에서 일등을 한 적도 있었으나 천재일까 싶겠지만, B의 집안에는 천재가 나온 적이 없습니다.

천재는 아니고 고집은 세지요. 담임과 주변의 만류에도 사범대를 지망했으니까요. 올바른 선생이 되어보겠다나? 웬! '청렴교사,

곧은 교사, 봉사 교사, 선생이 욕먹는 세상에서 빛과 소금이 되겠노라.' 모르겠습니다. 뜻은 그렇다고 들었으니까요.

B는 생각했습니다. '고생하겠구나, 실망하겠구나. 후회는 안 하려나. 미래를 모르는구나. 학생들이 얼마나 변할 건데, 현실을 모르는구나. 교장은커녕 장학사도 못 되어보고 평생 평교사로 늙겠구나.'

바르게 열심히만 한다고 되는 세상은 아니거든요. 이거 다 옛날이야기입니다.

지금은 어떻게 되었을까? 독자의 생각에 맡깁니다.

Y가 고민 고생하며 비쩍 말라 있는 모습 상상되나요?

이야기가 길어졌습니다. 아무튼 선생 욕이나 할 의도에서 초등학교 선생 이야기를 한 것이 아니라는 말입니다. 사실이 그렇고 그런 경험밖에 없기에 그렇게 했습니다.

이 책의 후편에서는 셋째 딸이 겪은 기막힌 일, 초등학교 교장과 담임 이야기도 나누게 됩니다. 선생에 대한 부정적 사건을 또 쓸 생각을 하면 마음이 어두워집니다.

글을 끝맺기 전에 선생님에 대한 좋은 생각 하나를 쓰겠습니다. 고등학교 적의 두 분의 선생님 생각이 납니다.

시어머니라는 별명을 지닌 훈육 선생님, B의 엉덩이를 침대 몽둥이로 2대 때렸지요. 엎드려뻗처 하고 맞았는데 바르게 되라고 때리시는구나 하고 느껴지는 사랑이 전달되어 왔습니다. 맞으면서 따뜻한 마음이 전달되어 오다니 처음 있는 경험이었습니다.

또 한 분 선생님, 국문학 선생님이신데, B의 첫 수필?(엉터리)을 칭찬해주셨습니다. 생애 처음 듣는 칭찬이었습니다. 늘 잊지 못하고 있습니다.

지금은 두 분 다 저 세상으로 가셨겠지요. 이야기도 몇 마디 나눈 적 없는 두 분 선생님!

중고등학교, 대학 시절에 부정적 생각이 드는 선생님은 이상하게도 없습니다. 한 분 체육 선생이 조금 그렇지만요. 이도 이해할 만합니다.

B는 이런 생각을 합니다.

저세상에 가서 그 선생님들을 만난다면 누구에게는 "선생님!" 하고 인사하겠으며, 누구에게는 "선생, 어떠시오?" 할 것이고, 누구에게는 "당신 뭣하다가 여기에 왔어? 정신 좀 들었나?"라고 할 것 같습니다.

그래서 글 제목에 '선생님, 선생, 당신'이라고 했습니다.

사춘기 입문

부흥회의 신앙생활로 박수 치며 팔딱팔딱 뛰던 B는 초등학교를 졸업하고 중학교에 입학하자 마산을 떠나야만 했다.

서울에서 피난 내려온 중앙중학교가 부산에 있었기 때문이다. 중앙중학교는 B의 큰형의 모교였기에 B는 별 생각 없이 지망했다.

이젠 아버지와 함께 마산의 밤거리를 걸을 수도 없게 되었다. B가 생각했던 그 뜨거운 이상한 신앙생활로부터도 떠나야 했다.

그런 부흥회를 하는 곳이 부산에서는 보이지 않았다. 설혹 있다 하더라도 이제는 거길 다닐 처지가 아니었다.

부산 초량동 산비탈에 단칸 셋방을 얻어 살며 형수님이 해주는 밥을 먹으면서 학교를 다녔는데, 젖먹이 조카를 B가 돌봐야 했다.

아이를 안고 젖병을 물리기도 했는데, 형수님은 아이를 두고 자주 외출을 했다. 어떤 날은 아침에 나가 밤중에 돌아왔다.

피난 시절 부산에 신흥다방이 생긴 것 같았다. B가 보기엔 그

다방 문화를 즐기느라 외출이 잦은 것 같았다.

옆방에 세를 들어 사는 형수님 또래의 날라리로 보이는 독신 혹은 과부 아줌마와의 대화를 엿들어보면, 남녀에 대한 이야기, 어떤 아저씨에 대한 이야기, 다방에서 만난 총각이 어떻고 하는 말들이 오고 갔다.

B는 남녀에 대하여 나누는 이야기를 난생 처음 들었다.

연애에 대한 이야기를 나누는데 연애라는 단어에 귀가 번쩍하다니, 그동안은 무엇 하다가 지금 귀가 번쩍하는가?

별일이다 싶었다.

B의 중학교는 공동묘지 산 너머에 임시 가건축물로 있었다.

비가 오거니 비온 후 젖은 날 공동묘지를 지나가노라면, 가끔은 발이 시체 관 뚜껑을 뚫고 푹 빠지기도 했다. 묘지 관리를 안 하고 오래 방치해두어서인가 싶었는데, 피난 시절 시체를 관에 넣고 평토장하디시피한 묘들 때문인 것 같다. 왜냐하면 주변에 정상적인 묘가 별로 없었으니까.

깊이 묻지 않고, 얕게 묻고 흙을 위에 살짝 덮기만 한 묘는 비가 많이 오면 새 관이 드러나기도 했다.

물이 홍건한 관 속, 썩은 물속으로 발이 푹 빠지면 놀라서 비명을 질렀다. 그러나 이것도 자주 겪다 보니 놀람도 없어져갔다. 오히려 이것이 여자 뼈일까? 남자 뼈일까? 하며 궁금해졌다.

여자면 어떻고 남자면 어떻다고, 언제부터 그렇게 남자, 여자를 가려왔는지 이상하다.

아마도 덩치 큰 선배들과 함께 산을 넘어 다니다 보니 물든 것 같다. 선배들은 여학생 이야기를 자주 했다. 예쁜 아이, 호박 같은 아이 어쩌구 하며 잘 웃었다.

B도 따라 웃었다. 뭣도 모르고⋯. 선배 형 따라서 그러다 보니 여자를 좀 아는 건가 싶었다. 중학교 1학년 넘어갈 때쯤 되니까 길가는 여학생이 여자로 보였다.

학교에서 돌아오면 B는 아이를 봐야 하고, 형수는 외출 준비를 하곤 했다. B의 형님은 부산에 없었다.

그 피난 시절, 이때, B의 형은 마산육군병원에 입원해 있었다. 마산에 계신 부모님이 간병인으로 지내며, 형수님은 B의 학교생활을 돌봐주라며 부산으로 보낸 것이다. 부산 셋집은 좁았다. 좁은 방 하나에서 젖먹이 아이와 함께 셋이 누우면 꽉 찼다.

그러다 보니 형수님이 옷 벗고 입고 하는 모습이 보였다. 그런데 B에게 일찍이 전에는 없었던 변화가 보였다. 형수님이 옷 벗고 입고 하는 모습을 보기 민망하여 외면하곤 했다.

이 몸이든 저 몸이든 그 몸이 그 몸이던 것이 남녀 몸으로 확연히 달라져 보이기 시작했다.

갑자기, 그리고 너무 일찍이 온 변화일 것이다. 이 변화에는 함께 산을 넘어가며 이야기해준 선배들의 영향을 받은 탓도 있을 것이다.

B는 사색적이고, 자기 성찰적인 천부적 특성을 지니고 있었기에 자신의 변화에 대하여 당시 생각해보았다. 돌이켜보니 그날이 B의 사춘기 입문 시기였다.

인생은 어딘지 모르고 가고 있다. 자신이 어디 어디를 가는지, 종점이 어디인지를 잘 알고 간다면 얼마나 좋을까.

그런데 신께서는 이것을 감추셨다. 이 문제는 종교에서도 해결해주지 못했다. 그렇기에 사주팔자라든가 구도(求道)라는 것을 통하여 풀고자 하는 욕망을 갖게 되는가 보다.

B도 공부나 열심히 해야 할 학업 시기에 엉터리 도(道) 탐구에 빠져 허송세월을 보낸 적이 있다.

이런 일은 훗날 이야기이고 여기선 사춘기 입문 이야기여야 한다.

B의 학년이 중2가 되면서 B는 혼자 서울로 올라가게 된다. 거기서 자취 생활을 하며 자신도 모르게 골병이 깊어질 것이다. 성장기를 잘못 보내게 된다. 이 이야기는 『백사의 미소와 벅수』 후편에서 진행될 것이다.

전편의 끝마무리로 심령적인 이야기를 안 할 수가 없다. 이런 이야기는 하지 말까 생각했는데, 독자가 설혹 어떻게 볼지 몰라도 이 사실을 감추고 싶지 않다.

이 일은 피난 시절 일이 아니다. 6.25전쟁 발생 전의 일이었다. 여섯 일곱 살 적 일이다.

밤이 되어 불을 끄고 이불에 누우면 밤마다 찾아오는 혼령들이 있었다. 그들이 처음에는 방에 들어와서 저희들끼리만 서로 보고 지나가는 것이었으니, B를 찾아왔다고 볼 수는 없다. 그들은 B가 잠들기 전에 눈을 뜨고 있을 때 나타났다. 그들은 아주 작았다. 요정인가 싶기도 했는데 요정은 아니었다. 정상적인 모습인데 요정처럼 작았다.

10㎝ 정도의 어린 남자아이들이 처음 두 명이 나타났다가 서너 명으로 늘어나다가, 점점 늘어나더니 친구들까지 데려와서 20여 명까지 늘어났다.

그들은 여기저기 돌아다니지 않고 장롱에만 붙어 있었다. 까만 자개장롱이 인방 벽 쪽으로 두 개 놓여 있는데, 그 장롱에 붙어서 움직였다.

어느 날인가 그들 중 몇이 B에게 손을 흔들어 보였다. B도 마주 손을 흔들었다. 그로부터는 밤마다 서로 반겼다. 좀 더 지나면 서로 대화도 할 듯싶었다.

B는 그들과의 시간이 즐거웠다. 낮 동안에는 그날 밤 시간을 기다리게 되었다. 만나면 시간 가는 줄 모르고 서로 함께했다.

산 사람과 혼령과의 이런 시간에 빠져들면 이건 좋은 일이 아니다. B는 아무것도 몰랐다. 왜 부모님에게 말하지 않았을까?

그러한 밤의 시간이 더욱 심해져가고 있을 때 이상한 일이 발생했다.

어느 날 밤 갑자기 B의 앞에 황금 갑옷을 입고 황금 활을 든 장수가 나타났다. 황금 빛 옷에서 황금빛이 뿜어져 나와 주변이 환했다.

그의 표정은 부드럽고 온화했다. B는 흥미롭게 쳐다보다가 호감이 생겨 가까이하고 싶어졌다.

이때 그 장수가 활을 B에게 겨눴다. B는 겁이 나서 이불을 뒤집어썼다. '쳐다보지 말라, 혼령들과 그러지 말고 눈 감고 자라.'이러는 것 같았다. B는 이불을 뒤집어쓰고 한참 있다가 눈만 이불 밖으로 살며시 내밀어보았다. 활을 거누고 있으면 어쩌나 겁내면서 살펴보니 황금장수도 꼬맹이 정령들도 보이지 않았다. 이때 후로는 누구도 나타나지 않았다.

황금장수가 정령을 쫓아버린 것 같다. B를 위해서 했겠지. 그는 누구일까? 이 이야기를 끝으로 남기는 이유는 후편과 연관되기 때문이다.